一笑

古龍自署

國際學術研討會

古龍武俠小說 領先時代半世紀

【記者賴素鈴／報導】江湖代有才人出，這廂古龍凋零二十載，那廂今朝懸賞百萬獎新秀，浪淘不盡，唯有武俠熱愛，不隨時間變易，在學術研討會上更見分明。以「一代鬼才：古龍與武俠小說」爲主題，淡江大學第九屆文學與美學國際學術研討會昨起在國家圖書館，展開爲期兩天的議程，紀念武俠小說家古龍逝世二十周年，新生代學者與古龍故舊齊聚一堂，以文論劍話武俠。

日前與淡大中文系教授林保淳共同發表《台灣武俠小說發展史》，武俠小說評論家葉洪生昨天在專題演講中，直批胡適1959年底發表「武俠小說下流論」是「胡說」，學界泰斗的不當發言以及隨即展開的「暴雨專案」，反而促成1960年起台灣武俠新秀的繁興，「武俠小說迷人的地方，恰恰在門道之上。」，葉洪生認定，武俠小說審美四原則在文筆、意構、雜學、原創性，他強調：「武俠小說，是一種『上流美』。」

集多年心血完成《台灣武俠小說發展史》，葉洪生認爲他已爲從十歲起迷上武俠小說的半世紀畫上完美句點，並且宣布他「以後決心退出武俠論壇，封劍退隱江湖」。

雖然葉洪生回顧武俠小說名家此起彼落，套太史公名言「固一世之雄也，而今安在哉？」，認爲這是值得深思的嚴肅課題，昨天意外現身研討會而備受矚目的溫世禮，則爲了紀念同是武俠迷的哥哥溫世仁，推出第一屆「溫世仁武俠小說百萬大賞」，即日起至今年10月3日截止收件，經兩階段評選後於明年12月7日公布首獎得主，預料將會是一場武林新秀的龍虎爭霸戰。

看明日誰領風騷？風雲時代出版社發行人陳曉林眼中的古龍，其實領先他的時代半世紀，以致如今雖然古龍逝世20年，陳曉林認爲大家對古龍的了解仍然有限，預言未來世代更能和古龍的後設風格共鳴。

昨天這場研討會，也凸顯武俠小說作爲一項文學研究門類，仍有待開發學習空間。多位與會者都指出，武俠小說的發表、出版方式和管道具考證難度，學術理論與論文格式的建立待加強。而武俠名家的版權之爭、市場競爭力，也增加出版推廣困難，古龍武俠小說的版權糾紛、司馬翎作品的版權官司也成爲研討會的場外話題。

與

武俠小說

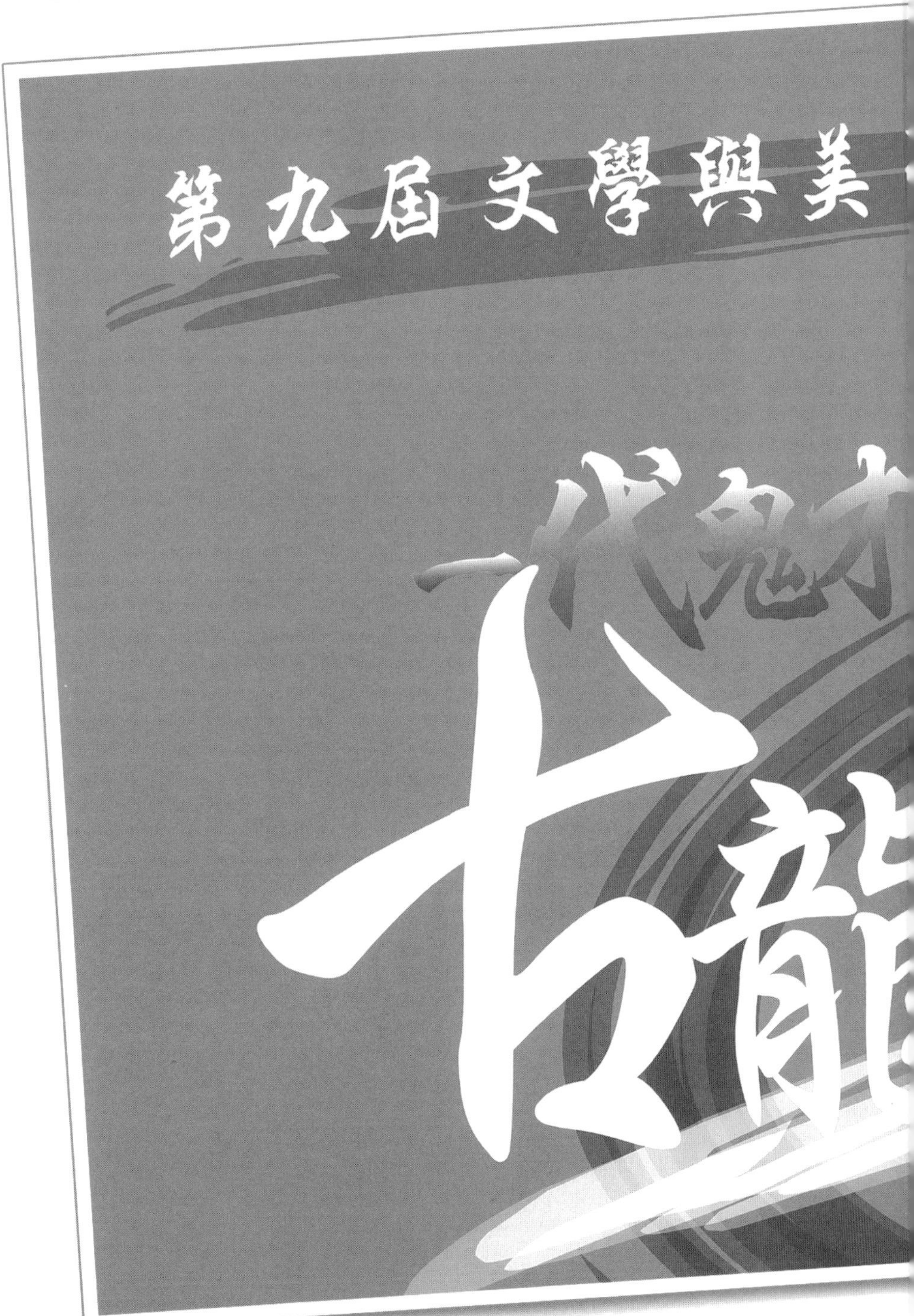
第九屆文學與美

古龍兄為人慷慨豪邁、跌蕩自如，變化多端，文如其人，且復多奇氣，惜英年早逝。余與古兄當年交好，且喜讀其書，今既不見其人，又無新作可讀，深自悼惜。

金庸

一九九六．十．十一．香港

古龍集外集 7

驚魂六記之

無翼蝙蝠（上）

古龍——創意
黃鷹——執筆

古龍集外集 7

驚魂六記之

無翼蝙蝠（上）

【驚魂六記代序】恐怖也有它獨特的意境……005

【導讀推薦】《無翼蝙蝠》：人性的弱點與亮點……009

一 蝙蝠……017

二 蝙蝠刀……043

三 天龍古刹……074

四 魔域……108

目・錄

五　魔幻 …… 140
六　黑牡丹、白芙蓉 …… 156
七　斷腸劍 …… 171
八　無邪有毒 …… 193
九　司馬東城 …… 222
十　驚悚 …… 268

【驚魂六記代序】

恐怖也有它獨特的意境

古龍

想寫「驚魂六記」，是一種衝動，一種很莫名其妙的衝動。

一種很驚魂的衝動——驚的也許並不是別人的魂，而是自己的。

因為這又是一種新的嘗試。

嘗試是不是能成功？

天知道。

我不知道，我真的不知道，我嘗試過太多次。

有些成功，有些失敗。

幸好還有些不能算太失敗。

寫武俠小說，本來就是該要讓人驚魂的。

荒山，深夜，黑暗中忽然出現了一個人，除了一雙炯炯發光的眸子，全身都是黑的，就像是黑夜的精靈，又像是來自地獄的鬼魂。

如果是你，忽然在黑暗的荒山看見了這麼樣一個人，你驚魂不驚魂？

一刀要砍在你脖子上，一槍要刺在你肚子裏，你驚魂不驚魂？

不驚魂才怪。

我要寫的驚魂，並不是這種驚魂。

恐怖也有它獨特的意境。

「意境」這兩個字，現在已經不是個時髦的名詞了。

現在大家講究的是趣味，是刺激，是一些能令人肉體官能興奮的事。

意境卻是屬於心靈的。

所以恐怖的故事才必須有意境。

因為只有從心靈深處發出的恐怖，才是真正的恐怖。

那種意境，絕不是刀光血影，所能表達的了。

那才是真正的驚魂。

好萊塢的電影「大法師」就表達了這種意境，它的畫面、影象、動作、聲響，都能令人從心底生出恐懼，一種幾乎已接近噁心的恐怖。

可惜寫小說不是拍電影。

小說沒有畫面影象，也沒有動作音調，只有用另一種方式表達。

要用什麼方法才能表達出一種真正恐怖的意境來？

文字。

無論寫什麼小說，文字都絕對是最重要的一環。

故事當然更重要。

沒有故事，根本就沒有小說。可是故事中真正令人恐怖的卻很難找尋。

有人說，鬼故事最恐怖，鬼魂的幽冥世界也最神秘。

可是又有誰真的見過鬼魂？

這種故事是不是也太虛幻？太不真實？

我總覺得在現代的小說中——無論是哪一種小說，都一定要有真實性。

所以我寫的「驚魂六記」究竟是種什麼樣的小說，到現在還沒有人知道。

只有等各位看過才知道。

【導讀推薦】

《無翼蝙蝠》：人性的弱點與亮點

著名文化評論家 秦懷冰

《無翼蝙蝠》是古龍創意、黃鷹執筆的「驚魂六記」系列中，情節轉折最多，結局卻最慘烈的一部。如同這系列小說的其他各部，《無翼蝙蝠》也是表層是武俠加驚悚，再加上懸疑、推理、愛情等配方的綜合體，但這猶只是為了吸引讀者追閱的「看點」，以符合通俗小說須有高度可讀性及衝擊力的基本要件；但它的深層，其實是對人性中某些弱點進行無情的透視、解剖，並以悲憫的心情、超然的視角，觀照這些人性的弱點對當事人所造成的，永難救贖的傷害。

事緣有「天下第一美男」之稱的劍客蕭七路經天龍古剎附近，發現有人藉其名義約會鎮遠鏢局總鏢頭之女雷鳳於古剎，結果卻是隨行鏢師全部遭人殺害，雷鳳本人失蹤，唯有侍女秋菊倖存。

詭異莫明的雕像

蕭七既已牽扯在內，在找出雷鳳的下落之前，自然不能逕自離去。由於他本就是江湖上是非極多的人物，既牽扯在內，且被誤會為造成美女雷鳳失蹤的禍首，當然便有各種敵手、對頭找上門來，刀光劍影，自屬難免。但真正的麻煩則是，天龍古剎內那個詭秘可怖、雙目皆盲卻裝上假眼的無翼蝙蝠倏忽出沒，與雷鳳幾度糾纏之後，竟然殺害了她，並將屍體封裝在由此惡魔所製作的，乳房、大腿、面靨均幾可亂真的黑色木雕人像之內。

對於雷鳳的噩運，蕭七雖非蓄意造成，但顯然負有不容推卸的道義責任。他自須深入古剎，查明究竟。於是，他求助於豪氣過人，與他有姐弟情誼的「大姐」司馬東城。這位大剌剌地坐著八人大轎出場的「大姐」，氣派非凡，頤指氣使，令人聯想到古龍在《絕代雙驕》中所描繪的頂級豪富段合肥之女公子段大小姐，這自是黃鷹順筆借用了古龍經典的人物形像。但這樣的借用是頗為適切的，因為司馬東城在本篇中雖是配角，某種意義上，卻為攸關後來一連串人性考驗的樞紐人物，她的表現，既有明顯的弱點與局限，亦有閃亮的光輝和熱度。

無翼蝙蝠在卅年前即是名懾江湖的狠毒大盜，蟄伏如此之久，自非無因。如今經由雷鳳之死，蕭七等人逐漸循線查出天龍古剎的地室中藏有諸多木雕美人像，似是他每殺一名美女便雕一像。較合理的解釋當然是其人的心理嚴重變態，在美女面前有自卑感，故只要美女抗拒，他便殺人留像以洩憤。但詫異的是，古剎中似另有一無翼蝙蝠在施壓逼迫，此人公然以蝙蝠的「魂魄」名義，逼迫蝙蝠說出秘密，否則便以「魂魄」將要離開來恫嚇他，而且似乎恫嚇有效。

無翼蝙蝠的秘密

經過一番查究，無翼蝙蝠失蹤多年之謎得以解開，原來當年蝙蝠橫行天下時得罪眾多黑白兩道的豪傑，終於由武林大豪司馬中原出面，邀集江南八大高手於九華山圍剿，雖然此役慘烈至極，八大高手只剩三人，且唯司馬中原未受重傷，但終將蝙蝠擊落懸崖，成為喪失記憶的白痴。此番不知如何，竟能復現。

蕭七發現，出沒於古剎的無翼蝙蝠本來握有十三把利刃，每姦污一美女便雕一像，並送出一把利刃；這種怪癖，似乎不止是心理變態的表徵，而尚另有含義。他循此線索查到西華山美女勞紫霞是持有最後一把的人，進而又發現無翼蝙蝠竟在追蹤勞紫霞。然後，抽絲剝繭之下，赫然查出事實上竟有兩個無翼蝙蝠，一是業已喪失記憶，近似白痴的蝙蝠原身，另一則是不時潛至古剎的地室，以「魂魄」名義向蝙蝠進行逼問之人。當然，真正的蝙蝠雖尚未死，卻已心神錯亂，儼如白痴，故而雷鳳不幸被他殺死，做成雕像，並非有計畫的行為，乃是下意識的重複從前虐殺美女而做成木雕、送出利刃的「慣性動作」。

但問題是：假裝蝙蝠的「魂魄」來施壓逼問者，究竟是誰？動機為何？

由勞紫霞提供的思路加上自己暗中探索的所得，蕭七慢慢拼湊出答案的大致輪廓。司馬中原所在的山莊，有地道可通往天龍古剎，而當年圍剿無翼蝙蝠的八位高手，唯有司馬中原無恙，故而，若無翼蝙蝠握有某種極重要的秘密，則有動機，也有條件向其追詢的唯有司馬。至於神智已失的無翼蝙蝠向被他姦殺的美女們送出十三把利刃，其中究竟有何玄虛？蕭七也已推斷出：必是蝙蝠當年橫掃黑白兩道時曾累積了鉅額財寶，而利刃上刻有這筆寶富的藏處；故而司馬中原特意在羈禁無翼蝙蝠的附近起造一座山莊，以便就近監視，並設法施壓催逼。

人性的弱點與亮點

至此，無翼蝙蝠一案業已圖窮匕現，蕭七向司馬中原查對相關的事態真相，並與司馬面對面進行最後的對決，自屬無可避免。然而在趕赴司馬山莊的途中，蕭七卻遇到「第三個」無翼蝙蝠的截擊，力戰之下，蕭七勝出，卻發現身著黑色蝙蝠服的「第三個」蝙蝠，乃是山莊中操持所有瑣務，司馬中原的師妹辛五娘，她一生暗戀師兄，最終心甘情願為師兄而殉身。在前先後三個以無翼蝙蝠形象現身行事的頂級武林人物中，她堪謂是最令人由衷同情和悲憫的一位。

在最後對決前，司馬中原坦言他之所以深恨無翼蝙蝠，極力發起圍剿、擊其墜崖、羈禁迫害，是由於當年蝙蝠迷姦的女性中有一位即是他的女兒司馬東城。人們可以認同司馬對蝙蝠的痛恨，畢竟父女之情是天倫與人性；然而，人性的弱點卻也在此際暴露，原來司馬於蝙蝠墜崖後，一念之間，藉此奪取寶藏的貪念竟超過了、甚至凌蓋了為其女受辱而施行報復的意念！此處所透顯的人性弱點——貪婪，難道不令人毛骨悚然？

好在其女司馬東城卻表現出人性真摯善良的亮點。最後對決前，她當然不能眼看蕭七擊殺自己的父親，故意挑激蕭七比拚，劍刃相對，在電光石火之間，含笑受戮，死在自己私心愛戀的蕭七的懷中。她臨終的話便是：「我原就想死在你的劍下，現在既能夠如願以償，更是無話可說了。」「小蕭，你珍重

——」

細細想去，在千迴百折的情節轉捩後，江湖大豪司馬中原那令人毛骨悚然的行徑，正是人性弱點的充分暴露，符應古龍所言「發自心靈深處的恐怖」。可是，曾身受屈辱的女兒司馬東城自己選擇了她的結局，她那笑中帶淚，在最後時刻捨身取「情」的行徑，卻是人性光芒的閃爍，可謂是「發自心靈深處的善良」。

一 蝙蝠

殘秋。

古道，洛陽城外十里。

黃昏將近，西風漸緊，落葉紛飛，天地間說不出的蒼涼。

一隊人馬這時候正在古道之上。

三輛鏢車，四匹健馬，二十七個人。

在三輛鏢車之上都插著一面三角小旗，鮮紅色，只繡著「鎮遠」兩個字。

這正是鎮遠鏢局的車子。

鎮遠鏢局在洛陽，然而鏢走天下，黑白兩道的朋友大都賣賬，少有打它的主意。

一間鏢局能夠做到這個地步，情面是其次，實力卻是最要緊。

鎮遠鏢局的總鏢頭雷迅十年前奔馬江湖，一把魚鱗紫金刀連挑兩河十六寨，經過百數十次血戰，才建立鎮遠鏢局的聲威。

這其間，他那個結拜兄弟韓生的一支銀劍，當然也幫了他不少忙。

金刀銀劍，近年來已經很少走鏢，這並非他們年老力衰，乃是已經沒有這個需要。

何況雷迅的女兒雷鳳青出於藍，武功得金刀銀劍之長，足可以應付一切。

雷鳳今年還不到二十歲，走鏢卻已經五年。

第一年，雷迅、韓生緊隨左右，第二年雷迅仍然有些憂慮，到了第三年，就連韓生也放心了。

由那時候開始，即使是重鏢，除非鏢主人特別指定，否則都是由雷鳳押運。

這個女孩子，除了武功高強，心思還相當周密，所以到現在為止，一直都沒有失過手。

她卻並沒有因此驕傲起來，始終是那麼謹慎。

所以，雷迅、韓生對她現在已完全放心。

像雷鳳這樣的一個人，毫無疑問是保鏢這種行業的天才。

可惜任何人都難免有疏忽的時候，任何人也難免有自己的弱點。

雷鳳也不例外。

◇◇

風頗急，吹起了雷鳳外罩的披肩，也吹起了她束髮的頭巾。

她一身紅衣，披肩也是紅色，頭巾更紅，就像是血一樣。

她那匹坐騎卻是白色。

白馬紅衣，分外觸目，何況她身材那麼窈窕，相貌又那麼漂亮。

她緩緩的策著馬，腰雖然挺得那麼筆直，臻首卻低垂，也不知是周圍的環境影響抑或什麼原因，人看來落寞得很。

在她的一側，緊跟著另外一匹白馬，騎在馬上的是一個青衣女孩子，年紀看來最多只有十六歲，面上猶帶著一些稚氣。

那是她的隨身丫環秋菊。

雖然是丫環，她待秋菊卻一直姊妹一樣，出入與共，而且授與武功。

在兩人後面，是鎮遠鏢局的兩個鏢師，陶九城與張半湖。

這兩人出身比雷迅、韓生更早，經驗豐富，武功也不錯。

張半湖的一把大環刀與陶九城的一雙日月鉤，在江湖上薄有名氣，武功卻是在名氣之上。

幹鏢師這一行，本來就不容易出名。

◇

兩旁大都是楓樹，楓葉秋紅，殘陽斜從枝葉縫中灑下，分外絢爛。

整條道路驟看來就像是沿在鮮血之中，美麗不錯是美麗，卻美麗得有點兒妖異。

眾人就像是走在血裡，尤其是雷鳳，一身紅衣鮮紅得有如鮮血，每經過楓葉濃處，整個身子就像是已融入楓紅之內，就像是已化為鮮血。

人看來卻是更美麗了。

美麗而妖異。

◇◇◇◇

楓林外有一座小小的茶寮，陳設很簡陋，卻是另外有一種風味。

賣茶的是個古稀老翁，遙見鎮遠鏢局的車馬走來，已迎出門外。

但是到車馬走至，卻不請眾人進內，反而向領前的一個趟子手打聽道：

「這可是鎮遠鏢局的鏢車？」

那個趟子手有些奇怪，仍點頭道：「什麼事？」

老翁道：「你們可有一位叫做雷鳳的姑娘？」

那個趟子手不由得一怔。

雷鳳在後面不遠，聽入耳中，插口道：「老伯什麼事找我？」

老翁道：「方才有位客官留下一封信，要我交給鎮遠鏢局的雷鳳姑娘。」

雷鳳道：「就是我了。」一臉的詫異之色。

老翁連隨從袖中取出一封信來，一個趟子手慌忙接下，無須雷鳳開口吩咐，逕自送到雷鳳面前。

雷鳳一邊將信接下，一邊追問那個老翁：「那是什麼人？」

老翁道：「是一個很英俊的公子，聽他說，是姓蕭。」

雷鳳追問道：「蕭什麼？」

老翁道：「這個他倒沒有說。」

雷鳳再問道：「是什麼時候的事情？」

老翁沉吟道：「半個時辰也有了。」

雷鳳「哦」一聲，目光落在信封上。

信封上一個字也沒有，旁邊秋菊探頭望了一眼，道：「小姐以為是哪一位姓蕭的公子？」

雷鳳道：「我怎麼知道。」

秋菊忽然又問道：「會不會，是蕭七公子？」

「蕭七？」雷鳳脫口一聲，渾身一震，連隨笑道：「我與他不過一面之緣，以他的交遊廣闊，現在相信已忘記曾經認識我這個人，再說，大家向無來往，他無端找我作甚？」

這番話出口，她面上的神情就變得非常奇怪，是那麼無可奈何。

那一股落寞也就更深濃了。

她仍然在笑，那笑容卻是顯得有些苦澀，淡然以指甲挑開封口。

信封內只有一張小小的字條。

她輕舒玉手，將字條從封內緩緩的抽出。

才抽出一半，她的目光就凝結，神情也凝結，氣息也彷彿已經斷絕。

動作同時間完全停頓。

旁邊秋菊立時覺察，目光亦給下去。

一望之下，她不由自主怔在那裡，半晌，脫口道：「怎麼真的……」

話說到一半，已經被雷鳳揮手打斷。

秋菊也是一個很聰明的女孩子，立時閉上嘴巴，一聲也不發。

雷鳳這時候才回復正常。

她的視線，因為秋菊的開口已經轉落在秋菊的面上，但迅速轉回。

然後她的目光又凝結。她的神情看來逐漸在變動，變得很奇怪，很奇怪。

驚訝中透著喜悅。

一種強烈的喜悅。

素白的信紙上只有短短的一行字。

——林外天龍古剎，有事共商。

然後是署名。

——蕭七

將字條抽出一半，雷鳳已看見這個名字，也就是這個名字令她完全失去常態。

若說她有弱點，這相信便是她的弱點。

有生以來，也只有一個人能夠令她這樣。

——蕭七！

◇◇◇

蕭七，有人說是一個俠客，也有人說是一個浪子。無論是俠客抑或浪子，在現在江湖之上，不知道這個人的相信不多。

這個人現在也實在太有名。

既因為他的英俊，也因為他的武功。

有人說：蕭七乃是天下第一美男子。

美與醜，本來並沒有一個準則，然而見過蕭七的人，無論是男人抑或女人，縱使與他有仇怨，卻不能不承認他實在英俊得很。

只有一個人一定否認。

也就是蕭七本人。

他從不因此自傲，卻往往因此煩惱。

因為他很多煩惱都是由此發生。

在武功方面，他也是得天獨厚。

他有一個好師父——無情子！

無情子劍動天南，斷腸劍之下從無敵手，也從無活口！

蕭七青出於藍，更勝於藍。

「斷腸劍」蕭七的聲名，在江湖只有在「無情子」之上。

他喜穿白衣，用一支三尺三七色明珠寶劍，也就是斷腸寶劍。

青驄玉馬紫絲韁，明珠寶劍白衣裳，這些年以來，也不知醉倒多少多情少女。

雷鳳正就是其中之一。

◇

天地間仍然是那麼蒼涼，雷鳳眉宇間的落寞卻不知何時一掃而空。

驚訝之色逐漸淡，喜悅之色相應更濃了。

她的氣息也變得有些急速，就連秋菊都感覺到了，忽然問道：「小姐，你這樣緊張幹什麼？」

雷鳳輕呼道：「誰說我緊張？」

秋菊又問道：「那麼小姐去不去見蕭公子？」

雷鳳不由自主一縮手，道：「你都看到了？」

秋菊失笑道：「還說不緊張，連我在一旁張頭探腦也不在意。」

雷鳳笑叱道：「鬼丫頭，嘴巴上小心一點！」

秋菊立即道：「小姐你放心，這件事我一定不跟別人說。」

她連隨壓低嗓子，道：「不知蕭公子找你有什麼事？」

雷鳳搖頭道：「現在我怎會知道。」

秋菊聲音壓得更低，道：「給不給我去？」

雷鳳反問道：「你去幹什麼？」

秋菊訥訥道：「我……也想見見蕭公子。」

她的臉頰忽然一紅，眼神不知何時已變得朦朧起來，就像是籠上一層霧。

雷鳳都看在眼內，嘆了一口氣，道：「他真的使我們女孩子如此動心？」

秋菊紅著臉，道：「見過他的女孩子都很難忘記他。」

雷鳳的俏臉忽然亦自一紅，轉回話題，道：「這一次不知他找我到底是什麼事，也許其他人不便在場。」

秋菊苦笑道：「嗯。」

雷鳳笑接道：「若是能夠，見過他之後，我一定拉他來與妳見一見。」

秋菊臉更紅，輕聲道：「一定？」

「一定！」雷鳳頷首作應，一面將信套回封內。

後面陶九城、張半湖兩個鏢師一直看在眼內，一臉奇怪之色，這下相望了一眼，雙雙策馬上前，陶九城連隨試探問道：「鳳姑娘，到底發生了什麼事？」

雷鳳慌忙搖頭道：「沒什麼，只是一個朋友要見我一面。」

陶九城懷疑的望著雷鳳，道：「不是要獨自去什麼地方的吧？」

雷鳳點頭，道：「不要緊的，對方不是壞人。」

陶九城道：「姑娘能夠肯定？」

雷鳳笑道：「當然。」目光從陶九城、張半湖兩人面上掠過，道：「鏢車勞煩兩位叔叔先行送進城中，我轉頭立即趕回來。」

陶九城道：「姑娘到底要去哪兒，總得給我們說一聲，就是總鏢頭問起來，我們也好有個交代。」

雷鳳道：「就是我們方才經過，在林外進口右側的天龍古剎。」

陶九城一怔道：「天龍古剎？」

張半湖插口道：「以我所知，那間廟宇早已荒廢，很久沒有住人了。」

陶九城接道：「就是和尚據說也沒有。」

雷鳳嬌笑道：「約我在那兒會面的既不是和尚，相信也不是住在那兒。」

她的嬌笑聲有如銀鈴，清脆悅耳。

陶九城、張半湖只聽得怔在那裡，除了秋菊，其他的人也沒有例外。

他們很少聽到雷鳳這樣笑，也很少看見雷鳳笑得這樣開心。

雷鳳笑聲不絕，笑容有如春花開放，天地間的蕭索，也彷彿因為她的笑聲完全消散。

她笑著勒轉馬頭，一聲嬌叱，策馬向來路奔回。

當眾人的視線都隨著轉了過去，大都是一面的詫異之色。

只有秋菊，卻是一臉無可奈何。

眼看著，雷鳳一騎逐漸去遠，迅速消失在道路轉角之處。

秋菊不由自主的嘆一口氣，那無可奈何之色卻更濃了。

陶九城聽在耳內，如夢初覺，脫口問秋菊：「到底誰約鳳姑娘？」

秋菊笑笑，笑得很神秘，低聲說道：「不說給你們知道，否則小姐發覺，有我受的。」

陶九城鑑貌辨色，再想想秋菊與雷鳳的說話語氣，恍然道：「莫非是鳳姑娘喜歡的……」

秋菊截道：「誰說！」

陶九城笑道：「你們女孩子的心事瞞不過我這個老江湖，好，很好，鳳姑娘也是時候了。」

秋菊呼道：「說到哪裡去了。」

陶九城道：「好，不說不說。」四顧一眼，便待指揮鏢隊繼續前行，那個賣茶的老翁即時上前，欠身道：「爺們路上辛苦了，何不進內喝杯茶？」

陶九城目光一落，道：「好主意，我們索性就在這兒歇一歇，等等鳳姑娘。」

老翁立刻一疊聲的「請」，將眾人請進茶寮內。

◇◇◇

茶寮中有三張小小的破爛木桌椅，大概是開始的時候便是用它們了。

這種生意本來就不是一種賺錢的生意，要置換過新的一批又談何容易。

陶九城、張半湖倒不在乎。

做保鏢這種工作，餐風宿露，是很平常的事情，這更就算不了什麼。

何況在他們的經驗之中，這還不是最糟的一間茶寮。

桌上放著有茶壺茶杯，雖然很多都崩缺，但看來倒也非常乾淨。

老翁又是一疊的招呼道：「爺們自便。」

陶九城笑問道：「這個茶怎樣算？」

老翁陪笑道：「多多少少，看爺們心意。」

陶九城打了一個哈哈，道：「到底薑是老的辣，你老兒這樣一說，我們倒是不好意思少給。」

老翁只是笑。

陶九城目光一轉，吩咐道：「大夥兒各自用茶，這位老人家年紀已一大把，若是要他來招呼我們，可過意不去。」

眾人笑應著，三三兩兩圍上桌旁。

老翁這時候又道：「茶方才泡好，爺們來得也正是時候。」

陶九城聞言心頭一動，奇怪的望著那個老翁，道：「平日這個時候好像並不很多人經過這裡。」

老翁一怔道：「也不少。」

陶九城道：「即使不少，相信也都是趕路要緊，不會有幾個還有閒心留下喝茶。」

老翁反問道：「這位爺何以如此說話？」

陶九城目不轉睛的盯著那個老翁，道：「只是覺得這有些奇怪。」

老翁只笑不語。

陶九城忽然覺得這個老翁的笑容與方才顯著的不同。

方才老翁的笑容看來是那麼的慈祥，現在卻好像有些陰險。

那種慈祥的感覺已蕩然無存，越看也就越覺得不舒服。

張半湖一直在旁邊看著、聽著，忽然間亦生出了與陶九城一樣的感覺，而且顯然還比較尖銳。

因為他的手不知不覺已移向腰間那把大環刀上。

也就在這個時候，一聲慘叫突然在茶寮中響起。

陶九城、張半湖猛吃一驚，循聲望去，就看見一個趟子手雙手握著自己的喉嚨，緩緩正向桌旁倒下！

「叮噹」的一聲，一只茶杯連隨從桌上滾落，碎裂在地上。

即時又一聲，旁邊又一只茶杯在地上碎裂，拈著這只茶杯的是一個比較年輕的鏢師。

茶杯脫手墮地，這個鏢師的右手亦反握住了自己的咽喉，一雙眼睜得老大，嘴唇哆嗦著，終於說出了一句話。

「茶中有毒！」

語聲甫落，人已倒下。

還未倒在地上，一張臉已變成紫黑色！

——好厲害的毒藥！

陶九城、張半湖怦然心震，霍地一齊回頭，盯著那個賣茶的老翁。

那個老翁也正在望著他們，慈祥的笑容已變得陰森，眼神亦變得惡毒！

他們忽然發覺老翁的一雙眼睛已變成慘綠，就像是兩團鬼火！

——人的眼睛怎麼會這樣？

陶九城、張半湖不由自主的由心寒了出來。

老翁連隨從喉嚨中發出了「吱」的一下笑聲。

那種笑聲亦絕不像是人所有，最低限度，到現在為止，陶九城、張半湖兩人都沒有聽過。

陶九城應聲打了一個寒噤，突喝道：「兒郎們小心！」

語聲未已，一雙日月鉤已然撒在手中。

「嗆啷」的一聲接響，張半湖那把大環刀亦已拔出來！

兩人的身形同時展開，左右一分，將那個老翁夾在當中。

這片刻之間，又已有三人倒地。

每一個人的面龐都已變得紫黑。

喝茶的也就只得五個人，無一倖免。

陶九城看在眼內，心頭又驚又怒，盯著那個老翁，厲叱道：「你到底是什麼人？」

老翁陰森森的笑應道：「要命的。」

陶九城道：「打我們這趟鏢的主意？」

老翁只是笑。

陶九城接問道：「你可知我們這一趟保的是什麼鏢？」

老翁道：「什麼鏢也沒關係。」

陶九城一怔，道：「哦？」

老翁道：「因為我要的不是鏢，是你們的命！」

張半湖脫口問道：「我們與你到底有何仇怨？」

老翁道：「什麼仇怨也沒有。」

陶九城心念一道：「莫非是為了我們小姐？」

老翁道：「看來你也是一個聰明人。」

他忽然嘆了一口氣，道：「可惜聰明人都不長命。」

這句話說完，又發出了「吱」一怪笑。

陶九城忍不住再問道：「你究竟是誰？」

張半湖接口喝道：「有種的告上名來。」

老翁目光緩緩的從兩人面上掠過，終於回答道：「我當然也有姓名，可惜就算說出來，你們也沒有印象，因為我那個姓名，已經很久沒有用了。」

他重重一頓，接道：「知道我的人，都叫我蝙——蝠！」

張半湖一愕，道：「蝙蝠？」

「不錯。」老翁沉聲重複一句：「蝙蝠！」

陶九城那剎之間突然想起了一件很可怕的事情，失聲道：「你就是那蝙蝠？」

老翁沉聲道：「我就是。」

陶九城面色一變，道：「但……」

老翁截口道：「蝙蝠是一種很奇怪的動物，有時看來似乎就像是已經死了，其實仍然活著的。」

陶九城瞠目結舌。

張半湖這時候也顯然已想起了什麼，變色道：「老陶，你是說那隻蝙蝠？」

陶九城道：「武林中就只有那隻蝙蝠！」

張半湖面色一變再變，道：「那麼鳳姑娘……」

陶九城沉聲道：「蝙蝠人在這裡！」

張半湖道：「不錯！」

陶九城日月鉤連隨一揮。

茶寮中一眾鏢師趟子手兵刃紛紛撤出，「嗆啷」之聲不絕於耳。

陶九城接吩咐道：「莫教這廝走出這個茶寮！」

眾人轟然回應。

兔死狐悲，五個兄弟倒斃在毒酒之下，他們無不想向眼前這個自稱蝙蝠的老翁討一個公道。

他們一些也都不恐懼。

因為他們大都是年輕人，大都不知道有「蝙蝠」這個人的存在。

他們都不知道「蝙蝠」的恐怖、可怕。

陶九城、張半湖也只是聽說。

關於蝙蝠的傳說無疑很多，但都只是傳說而已，身歷其境的人絕無僅有。

因為在蝙蝠的手下，從來都沒有活口。

這一點也只是傳說而已。

傳說往往都會比較脫離事實，都比較誇大。

何況蝙蝠這個人已絕跡江湖多年，傳說中甚至已死亡？

這一個傳說，陶九城、張半湖倒是很相信。

因為告訴他們蝙蝠已死亡的並不是別人，正就是鎮遠鏢局的兩個總鏢頭，雷迅與韓生！

雷迅火霹靂脾氣，韓生亦快人快語。

這兩個人的話，真實性實在無庸置疑。

然而傳說中已經死亡的「蝙蝠」，現在竟然出現在他們的眼前。

那剎那之間，他們都不由生出了一個疑問。

——眼前的「蝙蝠」，到底是否真正的「蝙蝠」？

他們動念未已，蝙蝠已應聲道：「在你們死亡之前，我是絕不會離開這個茶寮！」

他的語聲嘶啞而低沉，很奇怪，驟聽來，完全不像是人的語聲。

陶九城盯著他，忍不住又問道：「你真的是那蝙蝠？」

蝙蝠冷笑道：「很快你就會知道是不是了。」

語聲一落，他突然撮唇發出了一下尖嘯。

一陣陣「噗噗」的奇怪聲音，立時在茶寮中響起來。

眾人循聲望去，目光及處，面色不由都一變，一個個目定口呆。

在茶寮陰暗的樑上赫然倒掛著無數蝙蝠，「噗噗」正在振翼。

蝙蝠即時沉聲道：「這些蝙蝠都是真真正正的蝙蝠，至於我這個蝙蝠，雖然並不是牠們真正的同類，卻是人間獨一無二的——無翼蝙蝠！」

「無翼蝙蝠——」張半湖一聲呻吟，握著大環刀的那隻右手不覺間已起了顫抖。

陶九城也沒有例外。

他們雖然並不清楚眼前這個無翼蝙蝠的厲害，但是一股無形的恐怖，難言的恐怖已經從他們的心底冒起來！

蝙蝠連隨又一聲尖嘯。

尖嘯未已，群蝠亂飛。

「噗噗」的振翼聲此起彼落，響徹整個茶寮。

二 蝙蝠刀

楓林如血，夕陽如血。

那些蝙蝠映著楓葉中透進來的斜陽，也彷彿變成了血紅色。

驚呼聲四起，眾人一時間倒也不知如何是好。

張半湖、陶九城的雙手已滲出了冷汗，他們很想叫眾人鎮定，可是話到了咽喉便已哽住，不知何故竟然發不出來。

蝙蝠即時又道：「我雖然無翼，卻一樣會飛！」

話口未完，他已經飛起來！

當然並不是真的飛，只是突然向上拔起身子。

他穿著一襲黑色的衣裳，雙袖下垂的時候倒不覺怎樣，一展開，竟然寬大得出奇，簡直就像是蝙蝠的雙翼！

他雙袖一展，人颯然就往上拔。

張半湖一怔，衝口而出一聲：「小心！」身形急拔，大環刀嗆啷一陣亂響，人刀疾追向蝙蝠。

陶九城也不慢，日月鉤「雙龍出海」，身形「一鶴沖天」亦追向蝙蝠！

他們的身形也不算慢的了，但比起蝙蝠，顯然有一段距離，何況蝙蝠又先動？

蝙蝠凌空一拔兩丈，陡然一折，撲向一個手執紅纓槍的鏢師。

那個鏢師也算得眼明手快，一聲暴喝，紅櫻槍毒蛇一樣刺向蝙蝠胸膛！

蝙蝠冷笑，那看來已不能夠再有變化的身形，那剎那間一側，下撲的身形雖然不停，已經讓開胸膛要害。

那個鏢師的武功到底有限，那剎那間如何看得出這許多變化，只道一槍必中，雙手一緊，刺出的那一槍已成了有去無回之勢。

「嗤」一聲，纓槍穿裂穿氣，從蝙蝠的左脅下刺空，蝙蝠的去勢未絕，直撲那個鏢師的面門。

那個鏢師這時候才知道不妙，驚呼急退。

驚呼未絕，蝙蝠那隻鳥爪一樣的右手已然握住了那個鏢師的咽喉！

一握一揮，那個鏢師的身子斷線紙鳶般飛開，撞在一條柱子之上。

在他的咽喉，蝙蝠那隻手方才握著的地方，已多了五個血洞，鮮血泉水般往外狂湧！

蝙蝠的右手五指也有血滴下，一揮一探，抓向第二個鏢師的面門！

那個鏢師忙將臉別開，可惜蝙蝠要抓的，其實並非他的臉，是他的咽喉。

一抓即鬆，鮮血標出他的咽喉的時候，蝙蝠人又已飛舞半空！

他雙袖「霍霍」的拍動，勁風呼嘯，身形一沉，雙袖左右一揮，刀一樣劃向兩個趟子手的咽喉。

那兩個趟子手的一個閃避不及，咽喉「喀」地一響，身子倒飛了出去，另一個及時舉刀擋住了掃來的衣袖，卻只聽「叭」的一聲，那把刀立從他的手中飛出，風車般飛上了半天！

他援刀右手虎口亦被震裂，鮮血迸流，整個人不由驚的怔在那裡。

蝙蝠旋即落在他面前，鳥爪也似的一隻手掌近面拍去！

他竟然不知道閃避，那剎那之間，只覺得面部突然傳來一陣劇痛，同時聽到了一陣骨碎裂的聲音。

那也就是他最後的感覺。

蝙蝠的手掌離開，他整塊臉已經完全碎裂，爛泥一樣倒下。

蝙蝠動作不停，詭異而迅速，迅速而狠辣，「霍霍」衣袖暴響聲中，又已有兩個趟子手被他那刀一樣的衣袖，切斷咽喉，再一個面門碎裂，倒斃在他的掌下。

前後只不過片刻，已經有七人在蝙蝠的手下屍橫就地，加上中毒身亡的五個，就是十二個人。

陶九城、張半湖都看在眼內，他們的身形一直追在蝙蝠後面，一雙日月鉤與一柄大環刀已拚盡全力，希望能夠將蝙蝠截下。

但他們都失望了。

到他們定神，才發覺他們一夥二十六個人，已只剩下十四個。

陶九城悲憤之極，嘶聲大喝道：「各人聚在寮中，全力拒敵！」

語聲一落，他向張半湖打了一個招呼，一雙日月鉤「蝴蝶穿花」，左右飛舞，護住了身旁的秋菊與四個趟子手。

張半湖也不慢，大環刀「八方風雨」，連斬十三刀，也護住了身旁一個鏢師與五個趟子手。

各人旋即靠攏在一起。

還有一個趟子手站得較遠，蝙蝠也正在他與眾人之間，看見一眾兄弟紛紛倒斃，心膽俱喪，再見蝙蝠擋在身前，那裡還敢內靠，一聲驚呼，反向外奔！

張半湖一聲「不可」，大環刀急向前斬，疾斬蝙蝠！

刀未到，蝙蝠人已倒射了出去，凌空一翻滾，急往外奔那個趟子手撲落！

那個趟子手才奔出四步，已感覺身後勁風壓體，驚呼著頭也未及回，反手連劈三刀！

他不求傷敵，只望能自保。

只可惜以他的武功在蝙蝠爪下，自保也不能。

他的第三刀才劈到一半，裂帛一聲，蝙蝠的右手已撕裂了他後背的衣衫，捏住了他的尻骨！

蝙蝠「吱」一聲怪笑，右手猛一抖，就將那個趟子手的脊骨一節節抖散！

「格格格」連串爆竹也似的異響中，那個趟子手爛泥一樣癱軟在地上。

蝙蝠一抖即鬆手，身形同時轉回去。

張半湖大環刀也就在那剎那斬下，刀重力雄，風聲呼嘯！

蝙蝠一聲「好！」身形刷地一轉，讓開來刀，雙袖交剪般箭向張半湖的咽喉。

張半湖大環刀急一式「分花拂柳」，一式兩刀，疾近向蝙蝠剪來的雙袖！

「拍拍」的兩聲，刀袖相觸，袖未裂，刀也沒有被捲飛，可是張半湖雙手已經震得有些麻木。

他不由心頭大駭。

蝙蝠的身形即時欺前，雙臂一貼一伸，雙手從袖中搶出，抓向張半湖胸膛，變招之快，出手之狠，實在驚人。

張半湖那把刀竟然來不及封擋，幸好他眼利，一見情勢不妙，當機立斷，身形暴退！

蝙蝠如影隨形！

霹靂一聲暴喝也就在這個時候一旁響起，陶九城日月雙鉤斜刺裡衝上，一齊鎖向蝙蝠的雙腕！

秋菊三尺利劍也幾乎同時從另外的一個方向刺向蝙蝠。

三個鏢師的一隻三節棍兩把斬馬刀，三股武器亦從另外的三個方向殺至！

蝙蝠視若無睹，一雙手那剎那彷彿變成無數雙，屈指連彈，竟然一連彈開了攻來五股武器。

他瘦長的身子連隨滴滴溜溜的一旋，一道閃光的光芒疾從他的身上環射了出去！

慘呼聲立起。

那一道閃亮的光芒，繼續向不同的方向飛射。

「哧哧哧」的一連串異響中慘叫聲此起彼落。一股股的鮮血箭也似亂射！

陶九城連聲大喝小心，日月鉤左封右拒，非獨要救己，還想要救人。

可惜他連自己也顧不了，一個不小心，那道閃亮的光芒就從日月鉤的空隙中飛入。

裂帛聲響起，一道血箭從他的左肩射出，左手握著的日月鉤連隨脫手「嗆啷」墮地！

張半湖一把大環刀也只能自救。

秋菊花容失色，三尺利劍全力施展，舞得風雨不透，才勉強擋開了那道閃亮的光芒的一擊！

「叮叮」金鐵撞擊聲不絕於耳，驀地裡，那道閃亮的光芒疾往上飛！

一飛不見！

劍影刀光也相繼停下。

陶九城右手月鉤橫護胸膛，左肩傷口血如泉湧，他卻是仿如未覺。

張半湖大環刀斜貼著右胸挑起，滿身汗落淋漓，呼吸也變得急速。

秋菊手中劍低垂，面色蒼白如紙，半張著嘴巴，一雙眼睛，一副驚恐已極的表情。

也難怪她驚恐，茶寮中除了蝙蝠之外，現在就只剩他們三人生存。

方才與他們一起對抗蝙蝠的鏢師與趟子手現在都已經變成死人。

有身首異處，有攔腰被斬成兩截，也有被剖開胸膛。

鮮血染紅了茶寮的地面，桌椅也無不鮮血斑駁，東倒西側。

三人都難過之極，卻沒有理會那些死者，因為他們雖然死了那麼多人，並沒有將蝙蝠擊倒。

蝙蝠也當然絕不會就此罷休，他現在正在樑上。

三人並不知道蝙蝠為什麼拔起身子，掠上樑上，卻也絕不以為蝙蝠就此放過他們。

空氣中充滿了血腥味，三人的呼吸不約而同逐漸沉重起來。

一股無形的壓力蘊斥整個茶寮。

莫非是因為蝙蝠高踞樑上？

那條橫樑並不粗，但足以承受蝙蝠的體重，他冷然坐在那裡，一雙眼睛碧芒閃爍，盯著呆立在下面的三個人。

在他的膝上橫擱著一柄刀。

那柄刀長足三尺，刀鍔赫然就是一隻鐵打的，雙翼大展的蝙蝠，刀身如一彎新月，閃亮奪目，那些鏢師趙子手毫無疑問就是死在那柄刀之下。

雖然殺了那麼多人，刀上竟然一滴血也沒有。

殺人不沾血，毫無疑問是一柄好刀。

蝙蝠左手五指緩緩的從刀身上抹過，拇中指突然一屈一彈。

「嗡」一聲那柄刀發出了一聲龍吟，刀身不停的抖動。

刀芒流竄，就像是一道道閃電，眩人眼神。

陶九城三人聽在耳裡，看在眼內，心絲不由自主的一陣震動。

蝙蝠即時怪笑道：「你們可知道這是柄什麼刀？」

張半湖衝口而出，道：「不知道。」

蝙蝠道：「蝙蝠刀！」

張半湖冷笑道：「蝙蝠刀又怎樣？」

蝙蝠道：「這柄刀本來殺的都是名人，能夠死在這柄刀之下，應該覺得榮幸。」

陶九城道：「放屁！」

蝙蝠嘆了一口氣，道：「這種蝙蝠刀本來一共有十三柄，現在只剩下這一柄了。」

張半湖奇怪問道：「其餘的哪裡去了？」

蝙蝠道：「都送給了我喜歡的十二個女人。」

他笑笑，接道：「這最後一柄現在也快要送出去了。」

秋菊顫聲問道：「是不是送……送給我們小姐？」

蝙蝠頷首道：「不錯，我的眼睛雖然看不見，但已不止聽到一個人說，她是一個很美麗，很可愛的女孩子。」

秋菊驚訝的問道：「你說你……是一個瞎子？」

蝙蝠悽然一笑道：「嗯——不過我雖然沒有眼睛，卻有一雙很靈敏，很尖銳的耳朵。」

一頓接又道：「蝙蝠的耳朵本來就是非常靈敏尖銳！」

秋菊只聽得瞠目結舌，陶九城、張半湖亦心頭大駭，眼瞳中卻露出了疑惑之色。

蝙蝠竟然是一個瞎子，叫他們如何相信？

他們雖然沒有開口，蝙蝠卻好像知道他們的心意，道：「很多人都不相信我是一個瞎子，但事實，到底是事實！」

他說著緩緩抬起左手，按在左眼上，一捏一挖，就將他那隻左眼挖了出來。

在他的左眼之上，立時出現了一個黑穴！

那個黑穴中幽然閃爍著鬼火也似綠色的燐光。

樑上乃是整個茶寮最陰暗的地方，那燐光因此更明顯了。

蝙蝠也就將挖出來那隻眼珠托在掌心上。

那隻眼珠仍然閃爍著綠色的燐光，彷彿仍然有生命，仍然在瞪著陶九城、張半湖他們。

陶九城、張半湖只看得心驚肉跳，秋菊簡直要昏過去了。

有生以來他們幾曾見過如此詭異，如此恐怖的事情。

蝙蝠又一笑。

沒了一隻眼睛，他的笑容更顯得詭異恐怖。

他笑著緩緩將那隻眼睛放回眼眶內，道：「你們現在都相信了？」

秋菊不由自主的點頭，陶九城、張半湖想冷笑，可是又哪裡還冷笑得出來。

蝙蝠笑接道：「那麼現在你們可以上路了。」

「上路」是什麼意思？三人都明白得很，陶九城目光一閃，突然壓低聲音道：「秋菊，我們兩個合力纏住這蝙蝠，你趕快上馬逃命！」

秋菊道：「我……」

陶九城道：「我們若都死在這裡，誰將事情通知總鏢頭，你還在猶豫什麼？」

張半湖亦道：「小姐的生命也都繫在你的身上，不要管我們，快離開。」

秋菊一想也是，咬牙一點頭，方待舉起腳步，蝙蝠的聲音又從樑上傳下：「還想逃命嗎？」

三人的說話，顯然他都聽入耳。

他屈指接又一彈，彎刀「嗡」的又一聲龍吟。

秋菊舉起一半的腳步不覺停下，張半湖忙催促道：「秋菊，別管他，快走！」

陶九城接道：「一切有我們，走！」

秋菊再點頭，一轉身，疾向茶寮外奔出。

陶九城即時一聲：「上！」右掌月鉤一翻，身形拔起，直撲樑上的蝙蝠！

張半湖也不慢，大環刀「嗆啷」暴響處，人刀亦急拔起來，凌空向蝙蝠斬去！

兩人已不是第一次合作，攻勢一展開，配合緊密之極，前後一齊向蝙蝠攻擊。

蝙蝠瞪著他們衝上來，突然一聲長嘯，身形疾往上拔起，「噗哧」的將茶寮頂撞穿，飛射了出去！

整座茶寮那剎那猛可轟然倒塌下來。

陶九城、張半湖怎也想不到竟然會發生這種事情，身形正上拔，又哪裡還來得及閃避，雙雙被壓在茶寮之下。

誰也不知道好好的一座茶寮，怎麼會突然倒塌，蝙蝠卻是例外。

那座茶寮的所有支柱，實在早已被他弄斷，只因為恰到好處，才沒有倒塌。

蝙蝠現在這一動，力道實在是驚人，茶寮頂固然被他撞穿，那些支柱亦因為他這一撞之力離開原位，不倒塌下來才怪。

這一切後果早已在蝙蝠意料之中，「噗哧」的一聲異響之中，他瘦長的身子已穿破寮頂飛出，雙袖「霍」一振，蝙蝠般凌空掠下！

秋菊這時候已經奔出茶寮之外，出門才一步，轟然一聲已入耳，她心頭一震，回頭望去，就看見茶寮已經倒塌下來，不由得當場怔住。

——到底發生了什麼事情？

——陶叔叔、張叔叔現在怎樣了？

她正在奇怪，身後「颼」一聲已然入耳，隨即聽到了蝙蝠那尖銳的怪笑聲。

她吃驚回頭，正好看見蝙蝠凌空落下，落在她身後半丈不到之處！

「蝙蝠！」她驚呼未已，蝙蝠人刀已向她射來！

閃電一樣的刀光，閃電一樣的刀勢！

她右手急翻，長劍疾撩了上去！

這一劍看來已可以擋開蝙蝠那一刀，秋菊也是這樣想，那知道一劍劃出，竟有如泥牛入海！

「不好！」秋菊心頭大震，劍方待回護，閃電一樣的刀光已經從她的頸旁飛過！

一陣劇痛直入心肺，秋菊哀呼一聲，倒了下去！

在她的頸旁已多了一道血口，深得很，鮮血泉水般怒射，濺紅了老大一片地面！

她倒在地上，一動也不再一動！

蝙蝠冷冷的一笑，將刀湊近嘴唇一吹，吹飛了刀上的餘血，神態似乎有些惋惜，也好像並沒有任何變化，始終是那麼冷酷無情。

也就在這個時候，倒塌的茶寮一角陡然掀開，兩條人影颼颼的矮身射了出來！

是張半湖，陶九城，他們一身灰塵，狼狽不堪，但兵刃仍然緊握手中，隨時都準備出擊！

他們立即看見秋菊倒在地上，蝙蝠冷然站一旁。

兩人相顧，陶九城連隨道：「兄弟，你快逃，我拚命擋他一會。」

張半湖搖頭：「我與他拚個死活，你逃好了。」

陶九城道：「我左臂已受傷，血流不少，體力亦受影響，逃也逃不了多遠，還是我留下！」

張半湖道：「可是……」

陶九城截道：「這不是你推我讓的時候，再不走就來不及了！」

張半湖一頓足。

陶九城接道：「秋菊已死，我們之間，必須有一人回報總鏢頭，好教他知道發生了什麼事情。」

張半湖盯著陶九城，終於道：「兄弟，你小心，我走了！」

陶九城道：「別婆婆媽媽，快走！」

張半湖一咬牙，霍地轉身！

一聲怪笑即時劃空傳來，那是蝙蝠的笑聲，尖銳刺耳。

笑聲一響，蝙蝠人刀就疾射了過來！

陶九城看在眼內，右手月鉤一翻，口中猛一聲咆哮，連人帶鉤，疾迎上去！

蝙蝠冷笑，半空中蝙蝠刀霍霍的揮舞，隨著蝙蝠刀的揮舞，閃電也似的刀光一道道飛出，聲勢駭人！

陶九城生死已置於度外，右手鉤「八方風雨」，疾攻向蝙蝠，也不管自己身上空門大露，一派有去無回之勢！

蝙蝠並沒有因此改變身形！

張半湖看在眼內，一聲嘆息，身形終於射出去！

他這邊身形方動，那邊蝙蝠的刀與陶九城的鉤已相交。

「嗆」一聲，鉤影盡散，蝙蝠只一刀便已化開陶九城那一招「八方風雨」，他的第二刀卻沒有出手，刀鉤一觸，身形立即藉刀疾彈了起來，半空中腰一擰，竟向張半湖那邊撲過去！

這一下變化實在大出陶九城意料之外，急喝一聲：「哪裡走！」身形一飄，疾追在蝙蝠的後面！

蝙蝠身形如飛，凌空一掠八丈，腳甫沾地，身形又起，再掠三丈，距離張半湖已不過七尺！

他落下的身形旋即又彈起，一眨眼已追貼張半湖，一聲尖嘯，蝙蝠刀疾削

了過半！

張半湖耳聽身後破空聲響，心頭大駭！

——難道陶九城這麼快便已喪命蝙蝠的刀下？

他不由自主回頭，陶九城在望，才將心放下。

他當然也看見蝙蝠人刀向自己飛近來。

相距那麼近，已非擋不可，張半湖大環刀回頭之際已準備出手，這時候哪裡還敢怠慢，急一刀迎去！

「叮噹」的刀與刀相觸，張半湖被震退了一步，蝙蝠的身軀卻向上疾拔了起來，凌空一折腰，彎刀又斬下！

一斬二十八刀，刀刀凌厲，閃亮的刀光一道電光也似，向張半湖射下。

張半湖大環刀厲叱聲中翻飛，連接二十六刀，最後兩刀再也接不下，第二十七刀將他的大環刀劈出外門，第二十八刀旋即搶進！

刀光一閃，裂帛聲響，張半湖胸前衣襟陡裂，一股鮮血緊接著射了出來！

入肉並不深，還不致命，張半湖的三魂七魄卻幾乎盡散，可是他絕不退縮，大喝一聲：「老陶快走！」大環刀亂劈而下，一心只想將蝙蝠纏住，好讓陶九城逃命！

陶九城方待過來雙戰蝙蝠，聽得張半湖這樣叫，心想事關重大，嘆了一口氣，也不再猶豫，立即轉身，疾奔了出去！

張半湖一眼瞥見，心頭大慰，手中刀也就更急勁了。

蝙蝠連接十七刀，冷笑道：「兩個都走不了的，倒！」

一聲「倒」，蝙蝠刀猛一轉，又將張半湖的大環刀封在外門，再一探，便以刀鍔的蝙蝠鐵翼鎖住了張半湖大環刀的刀鋒，一絞一挑，張半湖那把大環刀再也把持不住，脫手疾飛出去！

蝙蝠刀勢未絕，一翻一揮，插入了張半湖小腹！

鮮血激濺，張半湖慘叫一聲，當場斃命！

蝙蝠刀立即抽出，翻腕疾擲向陶九城那邊！

「嗚」一聲，那柄蝙蝠刀迴旋飛舞，去勢之迅速，實在匪夷所思！

陶九城這時候已翻身騎上了鏢隊一匹馬的馬鞍！

鏢隊那些馬匹都纏在路旁的樹幹上，方才因為蝙蝠正擋在那邊，張半湖才不得不奔跑逃命。

現在陶九城卻儘可以利用那些馬匹！

哪知道，他才騎上那匹馬，方待揮鉤將韁削斷，蝙蝠的蝙蝠刀便已經飛至！

斬的並不是人，是馬！

刀光過處，那匹馬的後蹄立被削斷！

陶九城冷不防，不由得馬鞍上一栽，左臂的傷口立時被牽動，痛入心脾，心情卻只是一亂，便回復鎮定，身形急拔，掠上旁邊的另一匹馬上！

蝙蝠早已料到他有此一著，蝙蝠刀一出手，身形亦開展疾，向陶九城那邊掠去！

他身形是始終那麼迅速，好像並沒有因為方才的一番激戰消耗多少，只見他蝙蝠一樣飛翔，兩三丈之後腳尖才沾地，一著地，身形又飛起！

陶九城才掠上另外一匹馬的馬鞍，蝙蝠已掠至那匹死馬的旁邊，手一探，將那柄蝙蝠刀拾起來，身形再射出，刀一揮，閃電般劃前！

這一次他殺的也不是人，是馬！

「噗」一聲，刀正砍在那匹馬的馬臀上！

血怒激，那匹馬悲嘶聲中，疾倒了下去。

陶九城再一次從馬鞍上倒下來，他雖然沒有回頭望，他也知道是蝙蝠做的手腳，已知道生死間髮，一落地，身形立即滾開去，地趟身法同時施展，右手月鉤劃起一團光芒，將自己的身子裹在其中。

並沒有襲擊緊接攻來，陶九城身形在滾動，心裡卻覺得很奇怪，他一連滾出了兩丈多遠，才收住身形，發覺並沒有任何不妥，立即躍起身！

蝙蝠的確沒有再動手，甚至只是站在原地，一動也都不動，冷冷盯著陶九城。

可是陶九城身形才停下，他立即掠前去，蝙蝠也似「噗噗」兩個起落！

這兩個起落之後，他就已在陶九城身前七尺之處停下來。

他尚未轉身，陶九城已揮鉤疾向他撲過去！

月鉤颼的筆直劃下，陶九城知道沒有希望逃跑，只有拚命一擊！

這一鉤他全力施為，只望一鉤能夠將蝙蝠砍倒！

他當然失望！

蝙蝠一直背向著他，等到他月鉤劃到，才轉過身來！

「霍」的一轉身，蝙蝠刀同時轉了過來，正好將來鉤架住！

「嗆」一聲火星四射，蝙蝠紋風不動，陶九城卻倒退四尺，只是這一下交手，勝負已經分得很清楚的了！

蝙蝠旋即一刀削前！陶九城咬牙揮鉤力擋，鉤鋒接一翻，冒險削向蝙蝠的面門！

這一鉤的確冒險得很，因為他胸前空門已經完全露出！

他只是險中求生，死中求活，這可以說是不要命的打法。

蝙蝠看在眼內，冷笑，蝙蝠刀不擋來鉤，插向陶九城胸膛！

「奪」一聲，蝙蝠刀直插入陶九城的胸膛之內。鮮血激濺！

陶九城那柄鉤同時削到蝙蝠的面門，也就在那剎那，蝙蝠的左手突然一翻，搶在陶九城那柄鉤之前，食中指一夾，正好將鉤鋒夾住！

鉤鋒既然沒有劃傷他的手指，也竟然再砍不下去，被蝙蝠那兩隻手指將去勢硬的夾住！

陶九城只道得手，雖死無憾，不由的放聲大笑！

笑聲一起即止，笑聲突出的時候，陶九城已經看清楚自己那一鉤並沒有砍倒蝙蝠，也看見蝙蝠以兩隻手指將那柄鉤夾住。

他實在難以相信，卻又不能不相信！

蝙蝠冷冷的盯著他，緩緩的將蝙蝠刀拔出來！

血如泉湧，陶九城倒下，一雙眼睛仍然睜得老大，充滿了疑惑，也充滿了痛苦！

——鎮遠鏢局最後的一個人都死了，有誰將消息通知總鏢頭？

雷鳳的生命在現在，可以說完全繫在他一個人身上。

他如何死得瞑目？

這時候，夕陽已西下，天邊一片血紅色，似乎比鮮血更紅。

風吹蕭索，天地更蒼涼了。

蝙蝠緩緩從懷中抽出一方布，輕輕在刀上拽抹起來。

血刀無疑是好刀，殺人不沾，然而在殺人之後，彷佛已經沒有那麼明亮，現在給那麼一抹，才回復本來。

蝙蝠旋即一揮手，那塊白巾脫手飛出去，飛舞在半空，也就像蝙蝠一樣。

然後他撮一聲尖嘯。

一陣陣「霎霎」的異響立即從四方八面響起，無數隻蝙蝠相繼四面八方出現。

那些蝙蝠本來都倒排在茶寮屋樑上，到眾人動手，就開始迴環飛翔，茶寮倒塌的時候，已盡皆飛走，消失在林木之中，一直到蝙蝠尖嘯，才再飛出來。

牠們就像是一群忠心臣子，在侍候牠們的君王。

飛舞在蝙蝠周圍。

蝙蝠一翻腕，將刀收回袖子裡，舉起了腳步。

走進右側樹林中。

那些蝙蝠不離他左右，追隨著飛進樹林之內。

無翼蝙蝠事實無翼，也並不是真正的蝙蝠，卻能夠支配真正的蝙蝠。

樹林中有一條小徑，無翼蝙蝠就踏著這條小徑向前走去。

殘霞的光影從枝葉縫間透進來，整個樹林有如籠罩在血霧中。

無翼蝙蝠也就在無數蝙蝠的環飛簇擁下，幽靈般在這一片血霧裡消失。

這景象你說有多妖異就有多妖異，這個人你說有多恐怖就有多恐怖。

◇

晚風逐漸的吹急，殘霞的光影也逐漸暗淡。

地上的鮮血已快被吹乾。

一聲呻吟突然在晚風中響起來，是那麼的微弱。

呻吟聲甫落，一個人從血泊中掙扎著爬起身子。

是秋菊，那一聲呻吟也就是由她的口中發出。

她頸旁的傷口已經沒有血流下，鮮血卻已經染紅了她的衣衫。

蝙蝠那一刀雖然準確，但並未削入秋菊的咽喉，秋菊所以才能夠保存性命。

這無疑可以說是奇蹟，是幸運。

任何人也難免有判斷錯誤的時候，蝙蝠畢竟也是一個人。

然而好像這種奇蹟，這種幸運卻也實在罕有。

最低限度，鎮遠鏢局這些人之中，就只有秋菊一個沒有死在蝙蝠刀下。

秋菊也不大相信自己還能夠活下來。

她的眼睛是那麼迷濛，就像是蒙上一層煙霧，人恍恍惚惚，簡直就如白痴一樣。

看她的神情，她簡直就是在懷疑自己的存在，簡直就以為自己已經置身陰曹地府之中。

好半晌她才回復正常。

她整個人這時候才回復生氣，周圍張望，突然掩面痛哭起來。

沒有人理會她，蝙蝠這時候已去遠。

也幸好去遠。

她哭了好一會，才收住了哭聲，才感覺頸間痛楚，一雙手移向頸部。

這時候她已經完全想起此前發生的事情，從懷中取出一瓶金創藥，灑在傷口上，連隨撕下一角衣襟，將傷口包裹起來。

血早已停止外流，她做這些可以說已沒有多大作用。

可是她仍然這樣做，動作是如此的不由自主。

她的眼淚終於停止了流下，緩緩站起了身子，走到那些馬匹的旁邊。

——現在該怎樣？到天龍古剎？

秋菊眼望著天龍古剎那邊方向，她實在很想趕去一看雷鳳怎樣，可是她這念頭才起，便想起了蝙蝠。

憑她的本領，在蝙蝠面前簡直不堪一擊，方才的遭遇已經說明了這一點，那麼即使她趕到天龍古剎，便看見雷鳳如何，也只有呆看的分兒，沒其他辦法。

若說她能夠在蝙蝠手上將雷鳳救出來，那無疑就是笑話。

去也就是白去了。

而蝙蝠再看見她，當然不會讓她離開。

好像蝙蝠那樣的一個人，當然不會再犯同樣的錯誤，他若是再出手，一定會在肯定秋菊完全氣絕之後才離開。

一個人並不是永遠都那麼幸運的，奇蹟也未必會一再發生。

想到了蝙蝠，秋菊不由得打了一個寒噤。

她終於還是打消了那個念頭。

——只有趕快回去通知總鏢頭才是辦法！

心念直轉，秋菊霍地縱身上馬。

這一動，一陣劇痛就從頸部的傷口傳來，只痛得秋菊黛眉緊鎖，纖弱的身子一下顫抖，險些兒墮下馬來。

她緊咬牙齦，強忍痛苦，探身將韁繩解開，策馬向城那邊奔去。

馬匹四蹄撒開，其急如箭！

秋菊卻仍嫌不夠快，不停催促。

那匹馬好像動了性子，疾向前狂奔，好幾次差點將秋菊拋下。

秋菊整個身子都伏在馬鞍上，雙手抱緊了馬脖子，她實在很擔心給拋下來。

因為這時候路上並沒有行人，即使有，也未必有第二匹馬了。

她卻完全沒有考慮到一個問題。

那就是即使她趕回城裡，鎮遠鏢局的總鏢頭雷迅、韓生，在接到消息之後，又立刻動身趕來，前後也得要一個時辰。在這一個時辰之內，雷鳳便有十條命，也得喪在蝙蝠的手下。

然而除了這個辦法，她又還有什麼辦法可想？

夜幕已低垂，天地間蒼涼之極。

怒馬嘶風，迅速遠去！

三　天龍古剎

仍然是黃昏，夕陽未西下。

雷鳳一騎已來到林外天龍古剎之前，她當然不會知道在她離開之後，竟然發生那麼多的事情，她當然不知道那封信並不是真的出自蕭七。

只是蝙蝠的陰謀。

她現在一心只想快一點看見蕭七，快一點知道蕭七約她來這裡到底有什麼事。

蕭七卻沒有在古剎門前，雷鳳目光及處，心頭不由自主的一陣懊惱。

——他應該在寺外等候我到來才是。這個人！

嘟喃著她「刷」地滾鞍下來，牽著那匹馬走上古剎門前石階。

這座天龍古剎顯然已荒廢多年，大門已倒塌，左右牆壁亦損壞不堪。

——難道他是在寺內等候我，抑或久候我不見已經離開？不管怎樣，都是進內看看。

她腳步不停，直走進門內。

古寺內更荒涼，到處頹垣斷壁，院子裡雜草叢生，長幾及膝，冷風過處，「悉索」有聲。

毫無疑問，這座古寺都絕不像有人居住。

也可以肯定，絕少人在內走動，否則院子內應該有一條路被踏出來。

對門本來有一道石屏風，但已經崩塌大半截，屏風上刻的那一個佛字更所餘無幾，不過細心揣度，仍然還可以看得出那是一個「佛」字來。

由這道屏風望過去，就可以看見古剎的大殿。

那裡竟然有燈光透出。

這個時候還不是上燈的時候，但古寺之內陰暗，在這個時候也應該上燈了。

有燈光就無疑表示有人。

雷鳳看在眼內，沉吟道：「果然在寺內等我。」

她鬆開馬轡，放步向大殿那邊走過去。

草長及膝，她走過之處，一陣陣「瑟瑟」聲響。

若換是別的女孩子，莫說走進來，就叫她在門外站站，只怕也要考慮考慮。

但雷鳳怎同，她走鏢江湖，餐風露宿，比這個地方更陰森荒涼的地方她也進去過，而且在裡頭過夜。

不同的只是她身旁有秋菊，附近還有鏢局的鏢師趟子手，現在她則只是一個人。

——見鬼的蕭七，敢情是借這個地方試一試我的膽量。

——蕭七呀蕭七，你若是以為這種地方可以嚇倒我可就大錯特錯了。

——他找我來這裡到底有什麼事情？

雷鳳腳步不停，一面疑惑之色。

前行三丈，「噗噗噗」一陣亂響，前面草叢中突然飛出了幾團黑黝黝的東西來。

雷鳳冷不防給嚇了一跳，她本來以為是烏鴉什麼，但定睛看清楚，赫然是幾隻蝙蝠。

——該死的蝙蝠！

她詛咒著身形猛拔了起來「燕子三抄水」，三個起落，躍落在殿堂之前。

隨著她身形的起落，「噗噗」的異響四起，一隻隻蝙蝠紛紛從草叢中飛出。

雷鳳都看在眼內，驚奇之極。

——這地方怎麼有這麼多蝙蝠？

她無意抬頭望去，更不由打了一個寒噤。

在殿堂的簷下，赫然排滿了無數的蝙蝠！

她多望兩眼，脫口呼喚道：「蕭七。」

殿內並沒有人回答，亦沒有任何反應。

雷鳳一咬牙，兩三步走上石階，往大殿直闖！

大殿內異常陰暗，在正中一張破爛的供桌之上放著一盞小小的油燈。

供桌的後面就是神龕所在，蛛網塵封，神像已倒塌，根本就看不出供奉的是什麼神祇。

雷鳳並沒有理會那許多，目光卻落供桌之上。

油燈之下赫然壓著一張白紙。

在白紙之上好像寫著好一些字。

雷鳳站得那麼遠，當然看不清楚那些字。

——這小子到底在幹什麼？

她嘟喃著舉步走過去，隨著她腳步的移動，「噗噗」的異聲四起，一隻隻蝙蝠，從樑上飛下，在殿中迴環飛舞！

這古剎蝙蝠之多實在出人意料。

雷鳳不由自主的心頭冒起一股寒意，可是她的腳步並沒有因此停下。

藝高人膽大！

她終於來到供桌之前，終於看清楚那張白紙之上的字，那些字龍飛鳳舞，非常的瀟灑。

她看在眼內，腦海裡不由浮現出蕭七瀟灑脫俗的那個形象來，然後她才看清楚那些字。

——進後殿，在後殿相候！

「還要我進後殿，且看你葫蘆裡賣的什麼藥。」

她順手拿起那盞油燈，向後殿走去，當然也沒有忘記帶走蕭七留給她的那張字條。

由前殿到後殿必須經過一條小小的走廊。

那條走廊異常的幽暗，鋪滿了灰塵。

燈光照亮了走廊，「噗噗」聲又起，無數蝙蝠在廊內驚飛，從牠們那種倉惶看來，似乎並非只為了畏光，就像很久已沒有受過這種驚嚇。

燈光也照亮了走廊地板上的那一行腳印。

雷鳳看在眼內，一顆心終於放下來。

這最低限度證明蕭七的確在內。

她掌燈繼續前行，走出了走廊，來到一個小院子之內。

那個小院子一樣雜草叢生，長幾及膝，蕭瑟在晚風中，不同的，院中的幾盞長明石燈都已燃點起來。

雷鳳更放心，這一次她沒有再走進草叢之內，身形陡起，「一葦渡江」，連人帶燈，橫越草叢。

她的輕功也實在不錯，身形也非常穩定，凌空一掠，燈火居然沒有熄滅。

小院後，是一道迴廊。

那道迴廊也是破破爛爛，蛛網塵封。

燈光照耀下，迴廊的地板上也有一行腳印，雷鳳就像跟著那一行腳印向前走去。

走過了迴廊，終於來到了後殿。

那個後殿可以說是整個古剎，雷鳳行經的有完整的一個地方，朱漆雖然大都已剝落，但倒塌的部份並不多。

後殿內也有燈光外透。

雷鳳在殿外停下腳步，目光及處，並不見有人，本想大呼蕭七，但想想蕭七若是在殿內，這樣呼叫他總是有些不好，到口的話又咽了回去。

——他若是真的在殿內，該出來迎接我才是。

雷鳳一想到這裡，些微仍有些不快，終於脫口呼道：「蕭七！」

沒有回答，後殿內也並無任何動靜。

雷鳳既懊惱，又奇怪，舉步走進去。

殿內四角都有一盞長明燈，都燃點起來，整個後殿都照得光亮。

殿內卻並沒有人，只是正中的一張圓桌之上放著一壺酒，兩只杯。

酒壺的下面，又壓著一張白紙，上面隱約有字。

——這一次又不知要我到哪裡去了！

雷鳳一看見那張字條，還未上前看清楚，心頭已動氣。

這一次她才是真的懊惱。

可是她仍然走前去，拿起壓在酒壺下那張字條。

——我去找一些下酒的東西，與你好好的聚一聚，立即就回，請候，請坐。

——蕭七。

字條上寫的就是這些。

雷鳳讀罷，不禁有些啼笑皆非。

「傻小子，這附近哪來的下酒東西，乾脆在這裡等我來嘛！」

她頓足暗罵，並沒有坐下，背負雙手，繞著桌子轉兩圈，又將那張字條再讀了一遍，行既不是，坐也不是。

殿堂的周圍也是蛛網塵封，就只有那張桌子，那兩張椅子例外。

雷鳳不覺伸手將酒壺蓋打開來。

一陣陣酒香撲鼻，她雖然不多喝酒，但她的父親雷迅卻是有嗜杯中物，不好的絕不沾唇，找來的都是陳年佳釀。

耳濡目染，所以雷鳳對於酒質的好劣，多少也有些經驗。

她幾乎立即可以肯定，面前這一壺，乃是上好的陳年佳釀。

——酒是好的，地方卻糟透了，這個傻小子真不知他有什麼話跟我說。

——要是急，途中截下我就是了，現在還有時間去找下酒的東西呢？

雷鳳連連搖頭，眼前不覺又浮現出蕭七形象來。

——這個傻小子，有時個真的有幾分傻氣。

她連隨笑了出來，心頭的懊惱，早已煙消雲散。

無意中抬頭一望，她卻又不禁打了一個寒噤，後殿的樑上，一樣倒懸著無數蝙蝠。

——真奇怪，這座天龍古剎怎麼如此多蝙蝠？傻小子約我到來這個地方，要談的不成就是跟這個地方有關？

她心中疑惑重重，不覺終於在一張椅子坐下。

那張椅子倒也堅實得很。

她坐著等著，不覺拿起了酒壺，斟了一小杯酒。

酒色碧綠，芬芳撲鼻。

雷鳳一面斟酒一面嗅，滿目疑惑。

——這到底是什麼酒？怎麼這樣香，倒是從未嗅過的。

——酒色這樣碧綠也實在罕有。

她不覺輕啜了一口，入口香醇美味，倒是她從來沒有嚐過的。

——好酒，可不知那個傻小子哪兒弄來，一會兒倒要問他一個清楚，好教買一瓶給爹爹他，才叫他高興。

她心中盤算著，不覺將那杯酒喝光了。

這時候，夕陽已西沉，殘霞血一樣。

整個寺院就像是浴在血中，蒼涼而美麗，只是美麗得來總覺得妖異。

晚風漸急，滿院荒草「悉索」作響。

風也從門窗及殘缺之處吹進殿堂，燈火搖曳，燈影亦不住移動。

偶爾「噗」一聲，一隻蝙蝠從樑上飛掠而下，飛出了殿堂之外。

那「噗」的一聲也震動了雷鳳的心弦，她雖然膽子很大，但坐著聽著，亦不禁有些毛骨悚然。

若不是蕭七，絕對可以肯定，她早已離開。

蕭七就是有這種魔力，畢竟他是怎樣的一個人？

◇

天色逐漸暗下來，黑夜已快將降臨。

殿堂中的燈光卻相應顯得明亮了。

風吹也漸急，院中的荒草被吹得「悉悉索索」的不住響動，穿堂而入，燈影紛搖。

雷鳳久久未將杯放下，腦海中盡是蕭七形象。

多少日子了，但仍然那麼清晰，就好像方才見過他似的。

又一陣風吹進來，風中竟好像有腳步聲。

雷鳳竟然立即發覺，霍地回過頭去。

這剎那之間，那腳步聲竟然被一陣「噗噗」的異聲掩蓋。

雷鳳旋即看見了一大群蝙蝠向殿堂這邊飛過來。

「噗噗」聲中，那群蝙蝠很快就飛至。

殿堂內突然亦響起一陣陣「噗噗」之聲。

雷鳳不由自主循聲抬頭望上去，只見那棲息在殿堂樑上的蝙蝠全都飛起來。

「噗噗」聲正是蝙蝠振翼聲。

那些蝙蝠就在殿堂中迴環飛舞，卻也不知道是否知道雷鳳的存在，始終沒有近她周圍三尺之內。

這實在是一種很奇怪的景象。

雷鳳卻由心寒了出來，那些蝙蝠棲息在樑上倒不覺得怎樣，這下子完全飛起來，竟是那麼可怕。

那一隻一隻血紅色的眼睛，都好像在盯著雷鳳。

牠們雖然沒有飛近去，但看來，好像隨時都會飛撲在雷鳳身上。

雷鳳霍地站起身子，一隻右手不覺按在刀柄上。

殿堂外那大群蝙蝠眨眼亦飛進來，那麼多蝙蝠飛舞在這麼小的地方，奇怪竟然沒有一對會撞在一起。

牠們就好像久經訓練。

雷鳳按在刀柄的右手不覺已握緊，她現在已發覺事情有些不尋常。

——哪來這麼多蝙蝠？這座天龍古剎莫非有什麼問題？可是蕭七為什麼又要我在這裡等候他？

——這莫非是一個陷阱？約我到來的莫非並不是蕭七他？嗯，也不無可能，必須小心！

雷鳳終於生出了這個念頭。

也就在這個時候，一聲很奇怪的尖嘯聲突然傳進來。

那些蝙蝠也不知是否因為這一聲嘯，突然都完全停止飛翔，一隻又一隻高飛，飛上了樑上，飛出了殿堂，只不過片刻，「噗噗」之聲已完全停止。

一個人即時出現在殿堂門外。

蒼蒼白髮，迎風飛舞，兩隻眼珠，既似有神，又似無神，不是別人，就是「無翼蝙蝠」！

在雷鳳的眼中，那卻是茶寮的老闆。

她馬上發覺，目光一落，一怔道：「是你，老伯伯。」

無翼蝙蝠笑笑，道：「是我。」

雷鳳道：「你怎麼走來這裡？」

蝙蝠道：「我本來就住在這裡，不走來這裡走去哪裡？」

雷鳳一看堂外的天色，道：「這個時候已沒有什麼生意了，難怪你關上店子，可是那個店子不是比這裡更好？怎麼你不住在店子裡，反而住在這間破寺內？」

蝙蝠道：「因為那間店子並不是我的，我只是暫借它用一天。」

雷鳳道：「用一天？是店主人今天有事情走開，叫你代他看一天的吧。」

蝙蝠強調道：「是用一天，不是看一天。」

一頓又說道：「不過，那間店子的那個店主也不會再回去了。」

雷鳳道：「為什麼？」

蝙蝠道：「他已經死了，血肉現在相信已經被蝙蝠吸吃乾淨，只剩下骨頭。」

雷鳳打了一個寒噤，道：「什麼，那些蝙蝠會吸吃生人的血肉？」

蝙蝠道：「否則叫牠們如何生存？」

雷鳳追問道：「那個店主怎會死的？」

蝙蝠忽然伸出了他那隻手，抓在旁邊一條柱子之上，只聽「篤篤篤」一陣異響，他那隻手的每一根手指都深插入那條柱子之內。

雷鳳看在眼內，心頭不禁一凜。

——這老兒到底是什麼人？看他這一抓，話雖說那條木柱已經不大結實，沒有相當內功的造詣，還真做不出來。

——看來這只怕真的是一個圈套，我是上當了！

雷鳳此念方動，「勒勒勒」一陣亂響，那條木柱突然間四分五裂，硬被蝙蝠抓了老大的一塊出來。

蝙蝠那隻手旋即一合，抓在他雙手之中那塊木便碎成了木屑，散落在地上。

雷鳳這時候已經完全肯定，蝙蝠確是一個內功高強，絕非普通一個老頭兒，她仍然沉得住氣，一聲也不發。

蝙蝠接一拍雙手，道：「那個店主就是像這塊木一樣骨骼盡碎，死在我雙手之下。」

雷鳳道：「你到底是什麼人？」

「蝙蝠！」

雷鳳輕叱道：「胡說！」

蝙蝠忽然嘆了一口氣，道：「為什麼我說假話，那麼多的人相信。說真話，反而就沒有人相信？」

雷鳳冷笑道：「蝙蝠也可以拿來做名字？」

蝙蝠道：「貓狗都有人拿來做名字，蝙蝠為什麼不可以？」

雷鳳怔住。

蝙蝠接道：「事實上，我跟蝙蝠也沒有什麼不同。」

雷鳳道：「就拿你的身子來說，已不知比蝙蝠大多少倍。」

蝙蝠道：「體積的大小並不是蝙蝠的特徵。」

雷鳳道：「蝙蝠有什麼特徵？」

蝙蝠道：「牠們雖然有眼睛，其實與瞎子無異，之所以仍然能夠飛翔而不撞在東西上，只因為有一雙靈活的耳朵。」

雷鳳冷笑道：「你也有一雙很靈活的耳朵？」

蝙蝠道：「我有的，否則也不能到來這裡。」

雷鳳道：「你難道竟是一個瞎子？」

蝙蝠點頭。

雷鳳冷笑道：「我看你那一雙眼睛並沒有什麼問題。」

蝙蝠抬起左手，往左眼上一按，「吱」一聲，那隻左眼就從眼眶中彈出來。

他左手迅速一翻，正好將那隻左眼接在手中，平托在掌心之上，道：「你看我的眼睛到底有沒有問題？」

雷鳳只聽得毛骨悚然，一句話也說不出來。

那隻眼睛幽然閃爍著慘綠色的異光，雖然是托在蝙蝠的左掌中，已離開他的眼眶，仍然像蘊藏著一股難以言喻的活力，在盯著雷鳳。

雷鳳只給盯得由心底寒了出來。

蝙蝠手托著那個眼珠，幽然嘆了一口氣，又說道：「雖然看不見，幸好我還有一雙很靈敏，很尖銳，蝙蝠一樣的耳朵。」

「你……」雷鳳只說出一個字，下面的話又接不上來。

蝙蝠道：「風聲，雨聲，水流聲，蟲鳴聲，甚至花卉開放時發出的響聲，大自然一切的聲音我全都聽得非常清楚，所以我雖然沒有眼睛，活得比有眼睛的人還要有意思。」

雷鳳呆呆的聽著。

蝙蝠接道：「有眼睛的人，因為可以看，所以很少利用他的耳朵去聽。有些人，耳朵對他們來說，簡直就是廢物。」

雷鳳沒有作聲。

蝙蝠又道：「任何東西都是一樣的，越少用，逐漸就退化。」

雷鳳突然冷笑道：「我閉上眼睛，也一樣可以聽到很多聲音。」

蝙蝠道：「你能夠聽到什麼？」

雷鳳道：「你所能夠聽到的我都能夠聽到。」

蝙蝠笑笑道：「是麼，那你不妨閉上眼睛，就試試能否聽到這殿堂的樑上，有一對蝙蝠正在交配。」

雷鳳的臉頰不由一紅。

蝙蝠接道：「還有，東面的牆壁內，有一隻老鼠正在打洞，我身後的草叢中，有一條母蛇正將蛋生下來。」

雷鳳只聽得眼睛直眨。

她並沒有閉上眼睛去聽，卻叱道：「你在胡說什麼，這些聲音也會聽得到的？」

蝙蝠道：「只要有聲音發出來，就應該會聽到。」

雷鳳不能不承認這實在是有些道理。

蝙蝠道：「你當然聽不到的，因為你並沒有一雙蝙蝠一樣的耳朵。」

雷鳳閉著嘴巴。

蝙蝠連隨又嘆了一口氣，道：「可惜我的耳朵雖然如此敏銳，卻不能夠憑聽覺聽得出來你的容貌有多麼美麗，身材有多麼窈窕。」

這剎那，雷鳳不由自主生出了一種感覺。

——這個人莫非是一個瘋子？

蝙蝠輕輕的搓搓雙手，搓去沾在手上的木屑，接道：「幸好我還有一雙很靈巧、很敏銳的手，所以你到底有多麼美麗，多麼窈窕，我雖然眼看不見，耳聽不到，一雙手仍然可以觸摸得到的。」

雷鳳脫口叱道：「你敢！」

蝙蝠道：「天下間相信還沒有事情是我不敢做的。」

雷鳳道：「你大概還未知我是怎樣的一個人！」

蝙蝠笑笑道：「鎮遠鏢局的女鏢師雷大小姐，武功得自鎮遠雙英的真傳，一把刀走遍江湖，未逢敵手，關於這些我已經不知聽人說過多少次。」

雷鳳道：「那你還敢動我的腦筋？」

蝙蝠道：「到現在為止，天下間還沒有一個我不敢動的人。」

雷鳳冷笑道：「你這個瞎子倒是自負得很。」

蝙蝠面色微微一沉，道：「我一生之中最不高興的，就是別人瞧不起我是一個瞎子。」

雷鳳道：「你既然瞧不起人，那麼又怎能怪別人瞧不起你？」

蝙蝠道：「好尖的一張嘴！」

雷鳳連隨叱喝道：「趕快讓開路，否則莫怪我刀下無情。」

蝙蝠「哦」一聲，道：「好大的口氣！」

雷鳳叱道：「滾開！」

蝙蝠道：「聽說你在刀上的造詣已經有你父親的八分了。」

雷鳳道：「有沒有與你何干？」

蝙蝠道：「的確無干，想金刀雷迅我也不放在心上，你才得他八分的本領，哈，這你說，對於現在這件事，有什麼影響？」

雷鳳道：「現在這件事？什麼事？」

蝙蝠道：「首先我得將你留在這天龍古剎。」

雷鳳冷笑一聲，道：「憑你？」

蝙蝠道：「已經太足夠了。」

雷鳳道：「你縱然真的有本領將我留下來，不出半天，鎮遠鏢局的人就會走到來。」

蝙蝠道：「哦？」

雷鳳道：「鏢局的人見我久久不回，一定會到來這裡找我。你莫要忘記，他們都是老江湖。」

蝙蝠道：「你說那兩個使日月鉤與大環刀的？」

雷鳳冷笑作應。

蝙蝠忽然一笑，道：「若是他們，我以為你最好就不要希望讓他們找到來。」

雷鳳道：「你害怕了？」

蝙蝠道：「好像你這樣年輕的女孩子，這就要跟他們一齊去黃泉地府，實在是很可惜的一回事。」

雷鳳一怔，道：「什麼？」

蝙蝠道：「你真的不明白？」

雷鳳道：「你是說，他們都已經死亡？」

蝙蝠道：「所以他們現在找到來，對你並不是一件好事。」

雷鳳追問道：「他們怎會死的，是你下的手？」

蝙蝠頷首，道：「正是。」

雷鳳再追問：「為什麼？」

蝙蝠道：「因為他們若不死，久候你不歸，一定會到來找尋，若找你不到，一定會通知雷迅、韓生他們，這些人我雖然都不放進眼內，但沒有麻煩總比較有麻煩的好，是不是？」

雷鳳聽到這裡，面色忽然一變，道：「你意思是說他們全都給你殺掉了？」

蝙蝠道：「一個也不剩，包括你那丫環在內。」

他輕嘆一聲，道：「秋菊無疑也一定是一個很可愛的女孩子，但是在現在這種情形之下，我卻又不能不辣手摧花。」

雷鳳狠狠的盯著蝙蝠，正想說什麼，蝙蝠的話又接上，道：「我雖然是看不見，但聽她的聲音，已可以想像，她絕不會醜怪。」

他忽然又笑一笑，道：「由聲音也可以聽得出一個人長得是否好看的，例外當然也有，一個聲音動聽的女孩子，相貌也許極其醜陋，但這種例外其實不多，在我的經驗，最低限度就是這樣。」

雷鳳盯著他，倏的一聲冷笑，道：「你真的將他們完全都殺掉？」

蝙蝠道：「也許我應該請你到茶寮那邊看看我說的是否事實。」

雷鳳道：「我這就看看。」說著一步跨出去，蝙蝠的面色即時一沉，道：

「站在那裡不要動！」

雷鳳道：「你管得了？」第一步跨出。

蝙蝠突然一笑道：「你若是再走半步，那些蝙蝠就全都要撲到你身上了。」

語聲未已，殿堂內又響起了一陣陣「噗噗」的聲響。

雷鳳不由自主循聲抬頭望去，但只見那些蝙蝠紛紛撲翼，果然就一副要撲下的樣子。

——這些蝙蝠真的會吸血？

雷鳳打了一個寒噤，態度卻仍然是那麼倔強，厲聲道：「你到底想怎樣？」

蝙蝠又笑了起來，道：「到底我想怎樣，很快你就會明白了。」

雷鳳忽然省起了那封信與那張字條，那剎那之間，她生出了一種感覺，就好像有兩條毒蛇竄進懷中一樣。

她急忙將信與字條從懷中取出，喝問道：「這些都是假的了？」

蝙蝠左掌條的一拋，拋起了托在左掌之上那顆眼珠子，拇食中三指旋即鳥嘴一樣啄出，正好將那顆眼珠捏在拇食中三指之間，然後將之向著雷鳳。

那顆眼珠燈光下晶瑩發亮，就像在打量著雷鳳手中那封信與那張字條，然後轉打量雷鳳的美麗容顏。

雷鳳只覺得心頭陣陣發寒，捏著信紙字條的那隻手也微微起了顫抖。

蝙蝠的面上旋即露出了一種很奇怪的表情，近乎呻吟的說道：「你將我給你的信、字條，都藏在懷中？」

雷鳳一張臉立時紅了起來，立即將那封信與那張字條丟下。

蝙蝠半側著腦袋，好像在傾聽雷鳳的動作，忽然笑起來。

笑得更怪異，充滿了淫邪的意味。

雷鳳臉更紅，怒叱道：「為什麼你要將我騙來這裡？」

蝙蝠道：「因為這裡是蝙蝠的巢穴。」

雷鳳道：「你……」一時間，她也想不出該說什麼，抬頭只看見無數蝙蝠，一隻隻都彷彿要擇人而噬，那顆心不由更寒。

蝙蝠道：「在這裡，你可以得到前所未有過的享受。」

雷鳳道：「你要將我留在這裡，只怕沒有你想的那麼容易。」

蝙蝠笑笑道：「若說到武功，你無疑是比張半湖、陶九城還勝一籌，但我殺陶九城、張半湖都是輕而易舉。」

雷鳳冷笑道：「你若是以為我這個人貪生怕死可就錯了。」

蝙蝠道：「我知道你性子很烈，不過我卻也無意殺你，否則根本就沒有必要將你誘來這裡。」

他放軟了聲音，接道：「你有所不知，我實在不願意你受到任何的損傷。」

說著他又將手中那隻眼珠向著雷鳳上下移動了一遍。

雷鳳立時又生出種被人上下打量了一遍的感覺。

那種感覺卻是那麼的怪異。一種赤裸裸的感覺旋即襲上了她的心頭，她感覺身上的衣服就好像已經被一件件的脫下，整個身子都赤裸裸的呈現在蝙蝠的面前。

她也不知為什麼竟然有這種感覺，下意識整理一下自己的衣衫，一張臉不禁羞紅。

蝙蝠彷彿都看在眼內，道：「一個美麗的女孩子就像一件名貴的美玉，一有了損傷瑕疵，價值就會大打折扣了。」

雷鳳冷笑道：「你胡說什麼？」

蝙蝠道：「這並非胡說，一個美麗的女孩子其實不練武功更好，因為一練武功，肌肉就會變得堅實，沒有那麼柔軟，那麼動人了。」

一頓卻又道：「不過堅實也有堅實的好處。」

雷鳳道：「少廢話！」

蝙蝠仍然道：「一塊美玉當然是沒有人將它弄碎的，就是瞎子也不會，除非他根本就不知道那是一塊美玉，只當做一塊石頭。」

雷鳳盯著蝙蝠忽然道：「你的膽子也當真不小，竟然敢冒充蕭七。」

蝙蝠微喟道：「這都是沒有辦法的事，因為我知道，除了假藉蕭七的名義，很難誘你一個人進入這座天龍古剎。」

雷鳳道：「就不怕蕭七？」

蝙蝠道：「蕭七雖然是名滿大江南北，我還不放在心上，何況，他根本就不知道這件事情。」

雷鳳怒道：「你這個瞎子我看就不是好東西。」

蝙蝠沉下臉，但忽然又笑起來，道：「你現在只管罵我，不過有一點我必須提醒你，那就是你現在罵得越凶，一會就越後悔。」

雷鳳不答，「嗆啷」拔刀出鞘！

蝙蝠道：「還動刀子，你這個女娃兒好大的膽子。」

雷鳳冷笑作應，一振腕，但要衝前，那剎那，蝙蝠突然又發出一聲尖嘯。

所有的蝙蝠應聲振翼，「噗噗」聲響中，一齊飛起來。

那些蝙蝠半空中盤旋一圈，竟一齊向雷鳳撲下！

雷鳳大驚失色，手中刀急展，「嚓嚓」刀嘶聲中，七八隻蝙蝠被她斬下。

鮮血激飛，奇臭撲鼻。

雷鳳在刀上的造詣也算很不錯的了，否則憑她一個女孩子，要在江湖上立足談何容易！

那些蝙蝠卻並未因此退縮，飛蝗般向雷鳳撲下！

那剎那之間，雷鳳的眼前盡是一片黑色，那一片黑色當然不是靜止的，水母般不住變化，迎頭罩下！

雷鳳利刀上下飛舞，護住了全身上下。

——那些蝙蝠吸人的血，吃人的肉！

雷鳳並沒有忘記蝙蝠這句說話，也就因為這句話，她不能不竭力阻止那些蝙蝠撲在自己的身上。

刀光飛閃中，一隻又一隻蝙蝠濺血落在地上！

雷鳳嬌聲叱喝，揮刀更急。

也許就因為她的聲音太嬌，那些蝙蝠並沒有被她喝退，她揮刀雖急，但始終不免有些空隙現出來。

一隻蝙蝠迅速從空隙中飛入，飛撲在她的身上。

軟軟的，濕濕的蝙蝠伏在身上，沒有人想到那是什麼滋味。

雷鳳卻由心寒了出來，那剎那之間，她忽然感覺蝙蝠伏下的地方傳來一陣陣的刺痛。

——牠們要吸吃我的血肉！

雷鳳心頭大駭，心一亂，手亦為之大亂，刀上露出的空隙更大，飛進來撲在她身上的蝙蝠也就更多！

一隻蝙蝠更正撲在雷鳳的面頰上！

那剎那，雷鳳只覺得混身都起了雞皮疙瘩，脫口驚呼。

她立即抬起左手拂去。

那隻蝙蝠「拍」的被她拂落，可是這一來，她的刀勢更大受影響，飛進來的蝙蝠更多了！

雷鳳已擋不勝擋，連封擋的心，那剎那，她也已沒有。

也只是片刻，她的身上已伏滿了蝙蝠。

雷鳳有生以來，何嘗有過這麼可怕的經驗，她驚呼，尖叫，一張臉已變得死白！

她驚呼尖叫著向殿堂門外衝去。

才衝出三步，腳下猛覺得一軟，整個人突然向下疾沉了下去。

她站立的地面，足有丈多兩丈丁方的一塊突然向下陷了下去，露出了下面一個大洞！

雷鳳直往那個大洞墮下！

她耳中聽到了蝙蝠的笑聲，笑得是那麼得意。

這笑聲一剎那變得是那麼的遙遠。

雷鳳驚呼尖叫不絕！

蝙蝠都聽在耳內，他只是在笑，怪笑。

那怪笑聲突然一頓，他雙臂一振，又發出了一聲尖銳刺耳的嘯聲！

尖嘯聲一響，那些蝙蝠就好像受了很大的驚嚇也似地，四面八方的一齊向外飛去！

飛出了殿堂之外。

蝙蝠的左手旋即一按，將捏在拇食中三指中那顆眼珠按回眼眶之內，然後他的身形就飛了起來，闊大得出奇的那雙袖子一展，蝙蝠的傘翼般齊張，他整個人就好像變成了一隻大蝙蝠也似。

他繞著殿堂疾轉了一圈，「呼」地一聲，從殿門飛了出去！

即時轟轟發發一連串驚天動地的巨響，整個殿堂便倒塌下來。

塵土飛揚中，那個殿堂迅速變成了一堆瓦礫。

蝙蝠並沒有走遠，就置身院子荒草叢中。

他看著那個殿堂倒塌，忽然又笑了起來，怪笑道：「這一來所有的線索完全斷絕，縱然是蕭七立即到來，也無從查究的了。」

怪笑聲不絕，他緩緩舉起腳步，向院外走去，消失在頹垣斷壁之間。

四　魔域

地面竟然下陷，這實在大出雷鳳意料之外。

她輕功造詣雖然也很好，但倉猝之間，如何來得及施展，立時就直往下墮。

不過剎那她整個人都陷入黑暗之中，她失聲驚呼，尖叫，那下面是什麼地方她並不知道。

也許是刀山劍林，也許等候著飢餓已極的毒蛇猛獸……

無知本來就已是一種恐懼。

那剎那，雷鳳實在恐懼到極點。

驚呼尖叫未絕，她已然掉到底，距離似乎並不怎樣高，所以她摔得並不怎樣痛。

她的身子卻仍未停下。

那下面並非平坦，而是斜下伸展，且滑得出奇，雷鳳的身子也就繼續向前滑去。

她也不知道跌在什麼東西之上，只覺得一陣冰涼，兩邊成圓形，彷彿是一條金屬管子切開兩邊。

她很想遏抑住自己的去勢，可是也不知道著手之處滑不留手，還是她心慌意亂，始終就把持不住。

那條管子筆直的斜向下伸展，猛一折。

雷鳳的身子亦隨著一轉，剎那又墮空，直往下墮下去！

「噗」一聲，她跌在一團軟綿綿的東西之上，她只怕再生枝節，一雙手慌忙將那東西抓緊。

觸手是抓著緞子一樣的感覺，就像有一張緞子平鋪在那兒，雷鳳的身子總算穩定下來。

她俯伏在那裡，不敢動，驚魂甫定，才爬起來。

周圍一片黑暗，什麼都看不見，也聽不到任何聲息，一片寂靜。

一種接近死亡的寂靜。

雷鳳東張西望，心頭又恐懼了起來。

實在太過寂靜了，寂靜到連自己搖頭的聲音她也聽來覺得刺耳。

她呆了好一會，不由自主的摸索起來。

立即她就像摸到了一柄刀。

刀柄仍溫暖，著手是那麼熟悉，她幾乎立即肯定，那是她的刀。

事實是，那柄刀在她跌下，在她滑落的時候，仍握在她的手裡，一直到她跌在那張緞子也似的東西之上，雙手驚慌的抓住那塊緞子一樣的東西，才將刀鬆開。

刀在手她的心立時穩定下來，到底是練武的人。她半蹲著身子繼續摸索著向前移。

很快她就已離開了那塊緞子一樣的東西，這時候她已經完全可以肯定那是一張被褥。

周圍始終是那麼的寂靜，毫無聲息。

空氣中，依稀飄浮著一股淡淡的木香。

那些木香好像並不止一種。

——這到底是什麼地方？

雷鳳正覺得奇怪，那隻向前摸索的左手忽然摸到了一樣很奇怪的東西。

她的臉立時一熱。

那樣東西實在太像一個女人的乳房，她跟著摸到了第二個。

豐滿的乳房，堅挺的乳尖。

她那隻手不自主繼續向下移。

平滑的小腹，微陷的肚臍，這分明就是一個赤裸的少女胴體。

雷鳳臉更熱，那隻手再也摸不下去。

觸手是那然堅實，絕不像是活人的肌膚，死人也不像。

——是什麼東西？

雷鳳這剎那忽然省起自己的身上藏有火摺子！

她連忙探手在腰帶上取出一個火摺子剔亮。

周圍是那麼黑暗，那個火摺子一剔亮，雖然是微弱，但在雷鳳來說，卻刺目之極。

那短暫的片刻，她簡直完全看不見東西，到她的眼睛，看清楚周圍的情形，不由她當場怔住在那裡。

她看到的東西，已不是奇怪這兩個字所能形容。

——怎會有這種地方？

雷鳳發自心底的一聲呻吟。

◇◇◇◇

火光驅散了黑暗，雖然並不怎樣的明亮，藉著這火光，雷鳳已經能夠看見清楚周圍的情形。

那是一個「室」。

是石造的？泥造的？金屬板嵌成的若是看根本看不出來。

所以只能夠說那是一個「室」。

那個室相當寬敞，也有兩丈許高下。

雷鳳方才置身的所在的確鋪著一張錦緞的被褥，她方才摸到的也的確，是一個女人赤裸的胴體。

高聳的乳房，纖巧的腰肢，渾圓的小腿，美麗的面龐，每一分，每一寸，都是那麼的動人，那麼的誘惑。

這卻非一個活人，也不是一個死人，只是木刻出來的木像。

刻工的精細，迫真，實在是少有。

那個木雕女人的旁邊，全都是木雕的女人，面貌不同，身材不同，形狀不同。

整個「室」的地上，全都是赤裸裸的木雕女人。

只有當中丈許方圓例外，那之上放著一條老大的圓木，在圓木的一側放著一個大石墩，高卻不過兩三尺。

室的四壁又如何？

在左面盡是女人的屁股，種種不同的屁股，有的渾圓有的平板。

每一種的線條都是那麼柔和，看來都那麼美麗。

在右面則是無數對乳房，有的低垂，有的高聳，有的豐滿，有的小巧，也是各呈其妙，看來很美麗。

在前面，則是一對對女人的腳，在後面，卻是女人的頭顱。

每一件都是那麼的迫真，但細看之下，分明都是木雕出來。

四面就只是這四樣東西，每一面的東西都就只有一種。

雷鳳雖然是一個女人，但對自己的身子，可以說也不甚清楚，對於別人更就不用說了。

她也想不到雖然是同一樣東西，形狀線條都各有不同。

有些線條的優美，形狀的可愛，雷鳳雖然是女人，亦不禁有我見猶憐的感覺。

她看著，不禁由心又發出了一聲呻吟。

她幾乎以為自己是在做夢，可是她知道絕不是。

人間竟有這種地方，她就是做夢相信也想不到。

是誰做出這個來？

難道就是那個蝙蝠？無翼蝙蝠？

雷鳳不其而又打了一個寒噤。

那個無翼蝙蝠卻沒有眼睛，他怎能夠雕出這許多木美人來？

雷鳳簡直就難以置信。

她的一張臉這時候已紅如晚霞，雖然「室」中並沒有其他人，但到底她是一個女孩子。

女孩子對於這些當然是害羞得多。

蝙蝠為什麼要將我誘進來這種地方？

雷鳳實在想不通。

她正在奇怪，忽然聽到了一下非常奇怪的聲音。

「戛吱」的，就像是有一道門正在打開來。

她循聲望去，就看見了一個紙燈籠。

白紙燈籠，燈光慘白，也不知是燈光影響還是什麼原因。

握著燈籠的那隻手竟有如白堊一樣，絲毫血色也沒有。

那隻手的主人也一樣。

雷鳳的目光順著那隻手上移，又看見了蝙蝠。

無翼蝙蝠！

嵌滿著女人乳房的那一面「戛吱」聲中，移開了一道暗門。

無翼蝙蝠手持燈籠，就出現在那道暗門之中。

也許是燈光的關係，他看來彷彿比方才更蒼老。

他的一雙眼睛玻璃也似燈光下散發著慘綠色的光芒，赫然就落在雷鳳的面上。

人的眼睛絕不會那樣。

雷鳳亦早已知道，那只不過是一雙假的眼睛。

可是在她的感覺，那雙眼睛仍然像充滿了生命一樣，正在瞪著自己。

一種難言的恐懼那剎那突然襲上她心頭。

她的右手於是握刀更緊了。

◇◇◇◇

室中沒有風，連空氣彷彿已靜止。

燈光一動也都不動，就像是那根本就不是真實存在，只是畫上去的一樣。

蝙蝠這時候，忽然笑起來。

笑得就像是一個孩子，那笑聲的奇怪簡直沒有任何字句能夠形容。

他笑著緩步走進室內，那道暗門旋即在他的後面關上，他於是就像是一個嬰兒般，置身在無數的女人乳房中。

他連隨伸手輕撫在旁邊的一個乳房上，由咽喉中吐出了下接近饑渴的呻吟。

雷鳳立時打了好幾個寒噤，忽然生出了一種很奇怪的感覺，就好像那隻手是撫在自己的乳房上。

她一張臉更紅了。

蝙蝠那隻手並沒有停下來，那種接近饑渴的呻吟聲斷斷續續，充滿了整個空間。

雷鳳實在不想看下去，可是一雙眼睛卻像著了魔也似始終離不開。

蝙蝠那隻手接著移到這個乳房上，輕撫著，忽然道：「天下間沒有第二樣東西，比女人的身體更奇妙，更美麗的了。」

他的聲音是那麼奇怪，低沉而嘶啞，彷彿充滿了一種難以言喻，也難以抗拒的魔力。

雷鳳竟然不由自主的點頭。

蝙蝠接道：「你看，這些乳房形狀是那麼的美麗，那麼的動人。」

雷鳳沒有作聲，心底卻不能不承認蝙蝠所說的是事實。

蝙蝠又道：「可惜並不是每一個女人的乳房都是那麼的美麗，有的太乾癟，有的卻太肥，但最美麗的，大半都集中在這裡了。」

他接問道：「你可知我為了收集這些不同的女人乳房，一共花去了多少時候？」

雷鳳忍不住問道：「花去了多少時候？」

蝙蝠道：「多少時候我也記不起的了，也許三十年，也許二十年。」

他伸手抓抓滿頭亂髮，道：「總之，很長很長的一段時候了。」

說著又在旁邊的一個乳房之上摸一把，道：「可惜並不是每一個女人都是完美的，甚至可以說，沒有一個女人稱得是完美。」

他嘆了一口氣，接道：「有的乳房美麗，腰卻粗得像一個水桶。有的腰細如黃蜂，卻偏偏長著一個平扁屁股，有的一雙手柔美之極，兩條腿卻臃腫得嚇人，再不就是兩支竹竿一樣。」

雷鳳呆呆的聽著。

蝙蝠又嘆了一口氣，道：「天下間本來就沒有一個十全十美的人，無論是男人抑或女人。」

雷鳳不能不承認這句話。

蝙蝠道：「性情方面不用說，人格方面也休論，就只是身材，已經千變萬化了。」

雷鳳不作聲。

蝙蝠又說道：「最低限度到現在為止，我仍然沒有看見過一個十全十美——這是說身材的女人。」

雷鳳冷笑。

蝙蝠道：「你不必冷笑，這是事實，所以我才將她們最好的一部分留下來。」

他的手又撫在一個乳房上，道：「正如這些乳房，每一個都是如此美麗，可是它們的主人，有些就只得一對乳房美麗，其餘的部份，完全要不得。」

雷鳳忍不住問道：「這些……這些東西都是你拿真人做樣本雕刻出來的？」

蝙蝠道：「當然了，否則如何得如此真似？」

雷鳳冷笑道：「可是你的一雙眼……」

蝙蝠道：「我的一雙眼完全看不見東西。」

雷鳳道：「你的耳朵卻有如蝙蝠一樣靈敏。」

蝙蝠道：「這是事實，而且我敢說一句，即使蝙蝠也沒有我的靈敏。」

雷鳳道：「難道你就憑聽覺，聽得出那些東西是怎樣子？」

說著她又冷笑了起來。

蝙蝠道：「怎會有這種事情，這如果能夠，簡直就是神話了。」

雷鳳道：「那麼你……」

蝙蝠道：「我雖一雙眼睛都看不見東西，卻有一雙完整的巧手。」

雷鳳一怔道：「手？」

「不錯──手！」蝙蝠揚起了他的一隻手。

他的有如鳥爪一樣，青筋畢露，卻是那麼的靈活。

尤其是五隻手指，簡直就像是五條毒蛇，每一隻驟看來都好像要脫手飛出，充滿了強烈的活力。

他五指漫不經意的伸伸縮縮，接道：「這隻手若是不巧，也雕刻不出這許多美妙的東西。」

說著他的手由上而下，水波般一動。

那分明就是在模擬一個女人的身材，雷鳳看在眼內，嬌靨又一紅。

蝙蝠又說道：「這隻手無疑就是我的眼睛，只要摸下去，這個女人的身材怎樣，某部份屬於某類型，以致肌肉的組織如何，是否值得我雕刻出來，都已有分寸了。」

雷鳳忍不住問道：「你這樣做，到底有什麼好處？」

蝙蝠道：「每一個人都有每一個人的嗜好，這只是我的嗜好。」

雷鳳道：「你瘋了！」

蝙蝠道：「我若是一個瘋子，又如何雕刻得出這麼美麗的東西？」

雷鳳道：「你若不是瘋子，怎會做出這種種事情來？怎會有這種嗜好？」

蝙蝠道：「我只是將天下美麗的女人身上最美麗的地方收集起來，這簡直就是一件創舉，一件前所未有，一件獨一無二，一件最偉大的工作。」

雷鳳終於罵出了一句話：「放屁！」

蝙蝠一怔，道：「每一個人都放屁，卻也是每一個人都不同，有的臭不可聞，有的彷彿蘭菊之氣，有的響如銅鐘，有的低如蛟語，各呈其妙，各呈其不妙，可惜縱然怎樣妙，也無法將之收集起來。」

雷鳳簡直哭笑不得。

蝙蝠語聲一落，舉起了腳步，向雷鳳走過來。

雷鳳一眼瞥見，厲叱道：「你待要將我怎樣？」

蝙蝠道：「你難道還不知道？」

雷鳳心裡一寒，嬌靨卻更紅，喝道：「站住！」

蝙蝠停下了腳步，搖道：「你的聲音本來很動聽，但一大叫，就不動聽了。」

雷鳳道：「干你什麼事？」

蝙蝠自言自語的道：「聲音本來也應該收集的，美麗動聽的聲音，是那麼悅耳，教人一聽就神魂顛倒，可惜聲音就像是屁一樣，也是收集不得的。」

一頓又說道：「不過現在雖然不能夠收集，以後也許有什麼人想出一個很好的辦法，將聲音也能夠收集起來，可惜這個日子，我只怕等不及了。」

雷鳳冷笑道：「像你這種人死掉了最好。」

蝙蝠道：「人總要死的，若是未到時辰，你詛咒我死亡也沒用。」

他又舉起了腳步。

雷鳳再叱道：「停下！」

蝙蝠聽若罔聞，腳步不停。

雷鳳厲聲道：「你再不停，我可要不客氣了。」

蝙蝠反問道：「不客氣又怎樣呢？」

雷鳳道：「我要殺了你！」

蝙蝠「嘖嘖」的兩聲，搖頭道：「好凶的姑娘，憑你的本領，也許真能夠殺我，只可惜——」

語聲突然停下。

雷鳳不由喝問：「可惜什麼？」

蝙蝠道：「你喝下了一杯酒，放在殿堂桌子上那壺酒，現在不怕說，是萬萬喝不得的。」

雷鳳心頭怦然震動，脫口道：「那杯酒……」

蝙蝠截口道：「你知道那壺是什麼酒？」

雷鳳道：「什麼酒？」

蝙蝠道：「蝙蝠酒。」

蝙蝠酒又是怎樣的一種酒？雷鳳正想追問，蝙蝠話已經接上：「這種酒相信你有生以來連聽都沒有聽過。」

雷鳳驚問道：「是毒酒？」

蝙蝠道：「不是，否則你早就已經毒死了。」

雷鳳不由得放下心來。

——這種酒既然沒有毒，蝙蝠又常飲，自己就飲下了又何妨？

——只不知這個蝙蝠所說的是否真話？

雷鳳惟一擔心的只是這一點。

蝙蝠竟然好像看透她的心意，道：「你放心，我這個人還有一樣優點，那就是不喜說謊。」

雷鳳冷笑道：「你若是不喜說謊，又怎能夠將我引來這裡？」

蝙蝠一怔，道：「我雖然不喜，但有時逼於無奈，還是要說的。」

雷鳳只是冷笑。

蝙蝠又問道：「這種蝙蝠酒你知道是怎樣製造的？」

雷鳳道：「不知道。」

蝙蝠道：「那是以紅蝙蝠浸酒弄出來的。」接問道：「你知道紅蝙蝠又是怎樣的一種蝙蝠？」

雷鳳冷笑道：「誰知道那許多的鬼東西。」

蝙蝠一些也不動氣，道：「紅蝙蝠是蝙蝠的一種，名符其實整個身子都是紅色的，紅得就像是鮮血，原產在滇邊一帶，但經過我苦心的培養，已可以適應這兒的環境了。」

雷鳳道：「你養來幹什麼？」

蝙蝠道：「我喜歡蝙蝠，就像喜歡女人的身體一樣。」

雷鳳輕啐了一口。

蝙蝠接道：「也許就因為太喜歡了，所以我也變得像蝙蝠，可惜就是無翼，否則與蝙蝠無異。」

雷鳳道：「現在你已經夠像了。」

蝙蝠傲然道：「不錯，譬如拿眼睛來說，牠們有眼等於無眼，儼如瞎子，我呢，根本就是一個瞎子，又譬如耳朵，我那隻耳朵的靈敏絕不在牠們之下，唔，扯得太遠了——」

一頓他又道：「回說那些紅蝙蝠，有人說，牠們是因為喜歡吸血，所以通體都變成了血紅色。」

雷鳳打了個寒噤，不覺問道：「到底是不是？」

蝙蝠道：「是，其實每一類蝙蝠對於血都是很有好感的，非獨紅蝙蝠而已。」

雷鳳悶哼道：「奇怪你養的那些蝙蝠，並沒有將你的血都吸一個乾淨。」

蝙蝠道：「這大概因為牠們知道，我是牠們的同類。」

雷鳳冷笑道：「你的確不像是一個人。」

蝙蝠道：「人是一種生物，蝙蝠也是，這其中有什麼不同？」

雷鳳實在氣他不過，只有冷笑。

蝙蝠接道：「那種紅色蝙蝠，據說，最喜歡吸的卻是女人的血。」

雷鳳打了一個寒噤，道：「胡說！」

蝙蝠道：「這也許是胡說，但有一個傳說卻是真實的。」

雷鳳追問道：「又是怎樣的傳說？」

蝙蝠道：「牠們的血可以製造出一種媚藥！」

「媚藥？」雷鳳面色一變。

蝙蝠怪笑道：「媚藥有多種，但說到厲害，紅蝙蝠這種雖不是第一，第五名之內，相信走不了。」

雷鳳的面色更加難看，盯著蝙蝠，一時間也不知道應該說一些什麼。

蝙蝠笑接道：「有人說，紅蝙蝠這種媚藥一服下，便是三貞九烈的女人，也會變成了蕩婦淫娃，經過多次的試驗，我發覺，這並非誇大，的確是那麼厲害。」

雷鳳的面色那剎那難看到極點，她到底還是一個閨女。

蝙蝠道：「不過你放心，我並不想你變成一個淫蕩婦，因為，唉……」

蝙蝠長長的嘆了一口氣，道：「我已經是一個老人，老得實在不能夠在床上再賣力的了。」

雷鳳一點也沒有將心放下，反而更忐忑不安。

——這個蝙蝠到底在打我什麼主意？

她盯穩了蝙蝠，大有恨不得將他一刀殺掉之意。

蝙蝠對於雷鳳的表情當然不會有所感覺，但明顯的他卻又知道雷鳳的感受，頓一頓，又說道：「歲月不饒人，一任你如何英雄，到老了，有很多事情還是力不從心。」

雷鳳只聽得粉臉通紅。

蝙蝠忽然一笑，道：「但即使我仍然年輕，對於這種事情，我也是不感興趣的。」

他的面容忽然沉下去，黯然道：「早在多年之前我已經不感興趣了，我從來都不做那些毫無意義的事情。」

雷鳳不明白。

蝙蝠嘆息一聲，接道：「你若是不能夠得到一個女人的心，只得到她的肉體又有何用？」

雷鳳不覺點頭。

蝙蝠道：「所以雖然很多的女人被我誘到來這裡，我一個也沒有侵犯過她們，只留下她們身上最美麗的部份，還是我親自用上好的木材，一一精心雕刻出來的。」

一頓又說道：「所以我請你放心。」

雷鳳冷笑。

蝙蝠嘆息道：「我知道你離開這裡之後，一定會痛恨我，然而有生之年，你卻一定不會將我忘記！」

雷鳳厲聲道：「我現在就離開！」說著她舉步奔前。

這一舉步，她忽然覺得吃力非常。

一種力不從心的感覺猛襲上來。

——難道那壺酒之中，真的下了紅蝙蝠媚藥？

雷鳳整個身子都起了顫抖。

蝙蝠在雷鳳舉步的同時就露出了傾耳細聽的神態，即時道：「紅蝙蝠的藥力，現在應該發作了。」

這句話入耳，雷鳳不期就生出了一種天旋地轉的感覺。

蝙蝠笑接道：「這種藥酒我已經將它一再提煉過，媚藥的性能，已經減低至極限，若是你本身是一個貞烈的女孩子，對於你可以說已根本不起作用。」

雷鳳咬牙切齒，總算跨出了兩步，這兩步所化的氣力，在她的感覺，簡直有如跨了三十步之多。

她內心恐懼了起來。

蝙蝠還有說話，道：「我看你也是個貞烈的女孩子，這種媚藥雖然沒有媚藥的功效，但仍可以令你所有的機能完全陷入半停止的狀態。」

他笑笑又道：「我也不知道應該怎樣說——這若說是迷藥，你便得昏迷不醒，但若說不是迷藥，它卻又兼具迷藥的功能，很快你就會連站都站不穩，連話都說不出來，但是你仍然有知覺的。」

重重的一頓，他才接下去：「無論我在做什麼，你都會知道，可是你只有接受，不能夠抗拒。」

雷鳳咬牙道：「你敢……」

這句話已說得有氣無力。

蝙蝠道：「我是經過多次的考慮，才決定弄出這種藥物，也只有藉助這種藥物，我雕刻的工作才能夠順利進行。」

說到這裡他才回答雷鳳的話，道：「我敢的，天下間，沒有一個令我畏懼的人，我無論要做什麼事情，也沒有人能夠阻止。」

他突然脫手將手持的燈籠拋起來！

死白的燈光突然變成慘綠，鬼火一樣。

燈籠飛上半天，流星般突然四散。

這簡直就是魔法一樣，雷鳳那剎那如遭電殛，她驚呼！

驚呼未絕，燈光已熄滅！

漆黑的石室中又響起蝙蝠的怪笑，還有雷鳳的驚呼聲。

雷鳳再一次陷入漆黑的境地中。

一種難以言喻的恐懼，強烈已極的恐懼，猛襲上她的心頭。

她驚呼，她想走，想衝前去刀斬蝙蝠奪門而出。

可是她一雙腳已完全不聽使喚。

她整個身子都變得虛弱，終於倒下。

但她的神智，仍然是那麼清醒。

◇

也不知過了多久。

那也僅只是片刻，在雷鳳來說，根本已不能確定，在她的眼前是一片黑暗。

她已經完全不能動，一種難以言喻的疲倦充滿了她的身軀。

她卻是絲毫睡意也沒有，一雙眼勉強睜大。

只看見一片黑暗。

她想哭，但始終忍住，不讓眼淚掉下來。

畢竟她是一個倔強的女孩子。

◇◇◇◇

蝙蝠的怪笑聲已停下，黑暗中已再沒有他的任何聲息。

——他到底哪裡去了！

雷鳳不知道怎的有一種感覺，感覺蝙蝠就在一旁，正在看著自己。

蝙蝠是一個瞎子，黑暗正就是蝙蝠的王國，以蝙蝠的身手，絕對可以藏在一旁而又不發出任何聲響。

事實雷鳳人雖說清醒，已沒有平時那麼清醒了。

黑暗中，一刻對雷鳳來說，已有若一個時辰了。

時間是那麼難過。

石室又是那麼靜寂，雷鳳甚至已聽到自己的心房在跳動。

又好像過了很久，黑暗中忽然響起了一陣奇怪的聲音。

就像有人正向她走近。

——是誰？蝙蝠？

那其實是腳步聲。

只是那雙腳就像是沒有踏在地上也似，雖然在這麼靜寂的環境中，仍然不怎樣清楚。

室中的地上遍放著那麼多木像，可是那雙腳並沒有踢在其中的一具之上。

——一定是蝙蝠。

——難道蝙蝠的耳朵竟然是真的如此靈敏，連地下的障礙，也一樣聽得到？

雷鳳由心發出了一聲呻吟。

那種奇怪的聲響——奇怪的腳步聲立時像弄清楚了目標，向雷鳳這邊移來。

雷鳳心頭凜然，閉上嘴巴，咬緊牙齦，只恐再發出任何的聲響。

可是那腳步聲仍然向她迫近。

——那真的蝙蝠已經確定了雷鳳的置身所在。

越接近，腳步聲也就越清楚了。

雷鳳心中恐懼那剎那實在強烈到了極點，她很想叱喝來人滾開。

可是她根本已發不出聲音來。

她也想挪動身子，即使是一寸也好，半寸也好。

可是連這樣她也做不到。

也就在這個時候，石室之中，突然又亮了起來。

◇◇◇

一盞碧綠色的琉璃燈緩緩從室頂垂下。

室頂並沒有洞，那盞琉璃燈就像是突然出現，虛懸在半空。

光並不怎樣的明亮，但已足夠。

到雷鳳又看見了蝙蝠。

蝙蝠距離她已不在三尺。

她由心恐懼出來，整個身子都微微的顫抖。

蝙蝠仍然是那樣子，但好像比方才蒼老了很多。

蒼老而憔悴。

可是他那雙慘綠的假眼，仍然充滿了生氣，仍然像在瞪著雷鳳。

雷鳳連呼吸都已閉住。

她不知道蝙蝠在打什麼主意，她只想盡量避免蝙蝠發現她的存在。

然而蝙蝠卻好像知道她仍然在那裡，不可能走遠，繼續向她迫近來。

一步，再一步。

蝙蝠忽然停下腳步，蹲下了身子。

這時候，他的面龐距離雷鳳的面龐已不到一尺，雷鳳甚至感覺到蝙蝠的氣息噴在自己的面龐上。

她不由打了一個寒噤。

也就在這時候，蝙蝠的右手摸上了雷鳳的嬌靨。

雷鳳這時候若是仍能夠發聲，勢必已驚呼出來。

可是她現在非獨有如啞巴，甚至混身的肌肉神經都已經陷於停頓的狀態，一些反應也沒有。

她有的，只是感覺，感覺驚慌，恐懼，噁心。

就只是感覺而已。

蝙蝠的手就像是鳥爪一樣，枯瘦而粗糙，只摸得雷鳳心底發寒。

那隻手緩緩移動，摸遍了雷鳳的整張臉。

蝙蝠臉上的神情隨著那隻手的移動變化，是顯得那麼興奮，那麼憐惜，卻又是那麼詭異。

雷鳳完全沒有反抗的餘地。

蝙蝠的左手接著也摸上來，也是鳥爪一般，他雙手捧著雷鳳的面頰，輕輕的摩挲，忽然笑起來。

笑得就像是一個白痴。

五　魔幻

雷鳳一顆心直往下沉，混身的鮮血都給笑得快要冰結了。

蝙蝠癡笑著雙手下移，落在雷鳳的脖子上，忽然道：「好美的女人，可惜就是脖子粗一些。」

——見鬼的蝙蝠！

雷鳳心暗罵，只恨不得將蝙蝠那雙手斬下來。

蝙蝠的雙手繼續下移。

雷鳳杏眼圓睜，充滿了恐懼，她現在只希望蝙蝠趕快離開她的身旁。

她當然失望。

她擔心會發生的事情終於發生了！

蝙蝠的雙手終於解開了她衣服上的扣子，一顆又一顆……

雷鳳的眼淚終於忍不住流下。

蝙蝠動作並不快，卻是非常的熟練，不到片刻，他已經將雷鳳的所有衣服完全褪下來。

雷鳳完全沒反抗，她混身的氣力彷彿已經散盡。

她豐滿的身軀終於赤裸裸的畢露在蝙蝠面前，在那盞碧綠的琉璃燈之下。羊脂白玉一樣的胴體抹上了一層碧綠的光輝，更顯得動人。

蝙蝠無神的眼瞳那剎那彷彿已有神，他隨即俯身將雷鳳赤裸的身子抱起，舉步向室中那個平台走去。

他的腳步是那麼穩定，地下儘管放著那麼多的木像，他竟然一個也沒有踏中，簡直就不像是個瞎子。

雷鳳眼淚迸流，滴在蝙蝠的手臂上。

蝙蝠立時被蛇咬一樣，混身猛一震，但他立時像明白了什麼事情，道：

「你在流淚？」

雷鳳沒有作聲，也不能作聲。

蝙蝠搖頭道：「你的心情我是明白的。」

他的腳步忽然停下，側著頭，想想，道：「你實在很像一個人。」

雷鳳想問誰，可是她卻發不出聲音。

蝙蝠又搖頭，道：「真像一個人。」

「像誰？」蝙蝠皺起了雙眉，道：「怎麼我竟然想不起來？」

雷鳳只有流淚，如泉的淚水滴濕了衣袖。

蝙蝠居然嘆了一口氣，道：「其實這也不值得難過的，不久你就會發覺，你在參與一件絕世無雙的工作。」

說著他又笑起來。

笑得仍然像個白痴一樣。

然後他又舉起了腳步，一步高一步低的，向那個平台繼續走去。

越接近那個平台，燈光也就越明亮。

蝙蝠雖然無目，雷鳳仍然覺得一種難言的羞恥。

任何女人在一個陌生的男人面前，被迫的赤裸身子，相信也會感到很難過。

何況是一個閨女？

◇◇

蝙蝠也就將雷鳳放在那個平台之上。

他騰出雙手，熟練的在平台旁邊摸到了一個鑿子，一個鎚子。

他將那兩樣東西撫摸了一遍，又放下，雙手轉而撫在平台旁邊那截木頭上。

「很好的木材。」他癡笑著一搓雙手。

跟著轉回來，那雙手跟著摸在雷鳳的胴體之上，是那麼小心，是那麼憐惜。

雷鳳流淚不止，卻亦只有流淚而已。

她簡直想死，可惜她連想死也不能。

◇◇◇

蝙蝠那雙手上下不停，有時撫摸，有時搓捏，十隻手指，觸遍雷鳳的胴體。

那十隻手指是那麼的靈活，就像是十條蛇。

雷鳳卻寧願那真的是十條蛇——毒蛇。

她心中悲憤之極，但悲憤之外，卻又另外有一種難以言喻的感覺。

她有生以來，從都沒有過那樣的感覺。

那種感覺就像是觸電一樣。

說不出的舒服，說不出的難堪。

雷鳳幾乎忍不住呻吟出來。

她的視線已逐漸朦朧，也不知是因為淚水，還是因為蝙蝠毒酒的藥力發作。

她的神智也逐漸模糊起來。

蝙蝠的雙手一轉，又回到她的胸膛之上，靈活的十指，輕拭過尖端。

雷鳳終於忍不住呻吟起來。

無聲的呻吟，她根本已發不出聲音。

她的臉不由亦發紅，也不知是因為憤怒還是因為羞恥，抑或因為什麼。

到底是什麼感覺，她根本已不能夠分辨。

◇◇◇◇

蝙蝠雙手也就停留在雷鳳胸脯之上。

他忽然又笑起來，道：「好美的乳房，就是太堅實一些。」

雷鳳那剎那竟然有一種希望，希望蝙蝠雙手繼續移動。

——為什麼會這樣希望？

雷鳳立即覺察到，眼淚又流下。

蝙蝠並沒有再移動他那雙手，接又道：「我看你一定是練武的。」

他搖頭嘆息一聲，接道：「一個女孩子還是不要練武的好，否則肌肉就會沒有那麼柔軟，就會變得堅實。」

他旋又笑笑，接道：「這卻也幸好還不怎樣要緊，堅實也有堅實的好處，最低限度，代表著健康、活躍。」

一頓，沉聲又說道：「不過十三太保、鐵布衫、金鐘罩之類之武功，卻是萬萬練不得的，否則，那就會練出一身死肉來，一些美感也沒有的了。」

這一番話說完，他的一雙手又開始移動，卻非獨緩慢，而且很仔細，就像是一個珠寶商人，在鑑定一件名貴的珠寶。

然後他又嘆了一口氣，道：「雖然美，但比起，比起……」

他好像在回憶一個人，卻又省不起那人的名字。

一連幾聲的「比起」，他舉起鳥爪也似的一隻手，抓抓腦袋，終於說出一個名字：「白芙蓉——」

他連隨反掌擊在自己的腦袋之上，道：「不錯，是白……白芙蓉！」

然後他又白痴一樣笑起來，道：「這種乳房還是以白芙蓉最美麗。」

一個幽幽的語聲即時傳來，道：「白芙蓉又是誰？」

這語聲異常飄忽，彷彿從天上落下，又似在地底冒出，更好像從四壁發出來。

這似乎存在，又似乎並不存在，完全不像是人間的聲音。

蝙蝠一呆，癡笑道：「山東黑牡丹，河北白芙蓉，哪個不知？哪個不曉？」

語聲一落，又是一呆，道：「你是什麼人，幹什麼向我打聽她們？」

沒有人回答。

蝙蝠自顧一笑道：「牡丹、芙蓉都是那麼嬌小，事實不一樣。」

他抓抓腦袋，接道：「她們是兩種不同的人，卻也是那兩種人之中最美的一個。」

那隻手旋即又落回雷鳳的胸脯之上，然後左右波浪般順著雷鳳的身軀落下，轉而落在雷鳳的纖腰上。

他那隻手上上下下的遊移一會，又嘆息一聲，道：「女孩子真的還是不要練武的好，這條腰實在粗了一些，練武而又能夠保持腰不變粗的，看來就只有一個勞紫霞了。」

「西華劍派的勞紫霞？」那幽幽的語聲又問道。

蝙蝠癡笑道：「就是西華劍派的那個，西華劍術很不錯，可惜就是花招多一些。」

那聲音道：「嗯。」

蝙蝠笑接道：「無論哪一種劍術，花招太多總是不好的，花招越多就等如破綻越多。」

那個聲音沉默了下去。

蝙蝠那剎那，好像已完全忘記了這回事，一雙手又在雷鳳身上遊移起來。

他忽然又一聲嘆息，道：「嚴格說來，你這副身材實在不算好，但不無可取之處。」

這句話說完，他就鬆開手，拿起那個鑿子與鎚子，在旁邊那條木之上敲擊起來。

他的動作是那麼純熟，幾下子敲擊下來，那塊木頭已成人的形狀。

雷鳳淚眼已模糊，但耳聽鎚鑿叮叮聲響，亦覺得有些奇怪，忍不住睜眼望去。

蝙蝠雙手不停，叮叮的聲響中，那塊木頭竟然迅速的出現了五官四肢，甚至乳房，但只是看來很像而已。

蝙蝠這時才將鎚鑿放下，一雙手又落在雷鳳的面龐上。

這一次那雙手撫摸得更加仔細。

撫摸一遍又一遍，然後再拿起鎚鑿，往那塊木頭之上落下。

他的動作開始緩下來。

跟著鎚鑿都放下，手中卻多了一柄小刀。

那柄刀實在小得很，只有七寸長短，鋒利雪亮，輕削木頭之上。

他的手異常穩定，刀鋒夾在拇食中三指之間，「哧哧」聲響中，一塊塊木皮在那塊木頭之上飛捲起來，雪片般落下。

那塊木頭的上端，緩緩的出現了清楚的五官。

驟看來，與雷鳳竟然有些相似。

雷鳳只看得瞠目結舌。

蝙蝠的刀刻削得更慢，那隻左手緩緩離開了那塊木頭，輕撫在雷鳳的面頰上。

他右手的刀與左手逐漸同一動作。

那塊木頭的五官也就更清楚，更似雷鳳了。

這種雕刻的技術，毫無疑問已到了登峰造極的地步。

雷鳳的眼睛那剎那竟然不想閉上。

蝙蝠的刀繼續移動，看來移動得更加小心了。

◇

那也不知過了多久。

在這個密室之中，時間根本已沒有可能估計。

到蝙蝠的左手離開雷鳳的面頰，那塊木頭的上半截已變成雷鳳的頭顱。

大小形狀完全一樣，五官是那麼清楚，是那麼相似。

一樣的鼻子，一樣的嘴唇，一樣的眼睛。

不同的只是色澤，蝙蝠的一雙手到底並不是一雙魔手，他雖然能夠雕刻出一個完全一樣的臉龐，卻不能夠雕刻出一個人的皮膚來。

他到底不過是一個人，不是魔，不是神。

否則他根本就不用雕刻，乾脆將那塊木頭變成雷鳳就是。

然而他的雕刻技術已實在神乎其技。

最主要的是，他並不是一個正常人。

是一個瞎子。

他沒有眼睛，可是他在雕刻這方面，比開眼的人卻不知還勝多少倍。

雷鳳知道蝙蝠是一個瞎子，也知道他只憑手上的感覺，雕刻出自己的形象。

她的眼淚已幾乎流乾，一雙眼卻瞪得很大。

蝙蝠的每一個動作她都看得清楚。

可是她現在仍然有一種感覺——不相信蝙蝠是一個瞎子。

這簡直就不是一個賭子所能夠做出來的事情。

但事情卻又不能不相信。

這片刻，她完全已忘記自己是赤裸，完全忘記了羞恥。

但羞恥的感覺迅速又襲來。

因為蝙蝠的一雙手已落在她的胸脯上。

鳥爪一樣的雙手，乾枯如枯枝的雙手。

雷鳳只有流淚。

她的眼淚卻已小如露珠。

她的眼淚已將流乾。

蝙蝠的雙手輕輕的移動，輕輕的撫摸，每一個動作雷鳳都強烈的感覺到。

那雙手正落在她身上敏感的地方，她的胸脯於是更堅挺。

這完全不由自主。

蝙蝠雙手撫摸著轉為單手，跟著雙手都騰出來，再次拿起鎚鑿，往那塊木頭下截鑿下。

鎚擊聲，木屑著地轉，在寂靜的密室中響個不停，每一下聲音聽來都是那麼的清亮。

然後蝙蝠又用他那柄鋒利的小刀。

在他那雙巧手之下，那柄小刀靈活的削動轉動。

那塊木頭的下截逐漸變成了雷鳳赤裸的身軀。

尖挺的乳房，渾圓的足踝，一切都那麼的相似。

一個木美人就這樣出現在蝙蝠的雙手之下。

雷鳳都看在眼內，她實在不想看了，可是卻又不能不看。

她已經被那股強烈的好奇心征服。

蝙蝠那雙手儘管在她的身上移動，她也彷彿已完全沒有感覺，也許她的感覺，也許她的感覺已完全麻木。

亦或者她已經被驚呆。

蝙蝠那柄刀運用的成熟，以至雕刻的技巧，實在在她的意料之外。

她實在難以相信一個瞎子竟能夠有這種本領，可是她又不能不相信。

蝙蝠曾經在她的面前將眼珠取出來。

莫非蝙蝠其實並不是一個人？

雷鳳不禁有這種懷疑，但——

不是人又是什麼？

雷鳳卻也實在想不通。

六　黑牡丹、白芙蓉

蝙蝠終於將手停下來。

那柄小刀已收藏起來，雷鳳竟然不知道他收藏在什麼地方。

他連隨又怪笑了幾聲，雙手互搓，雷鳳看在眼內，一顆心不由怦怦亂跳。

蝙蝠空出一雙手，又準備怎樣？

雷鳳的眼淚這時候已經流乾，只是瞪著一雙眼，茫然的望著那雙手。

蝙蝠那雙手終於落下，卻不是落在雷鳳的身上，而是落在那具木美人之上。

他憐惜的撫摸著那具木美人，比方才撫摸雷鳳似還要仔細。

那雙手上上下下移動一會，蝙蝠突然又怪笑道：「你看我是否有些毛病？其實你心中在怎樣想，我是知道的。」

雷鳳心中暗罵道：「你難道沒有毛病？」

蝙蝠道：「我毛病是有的，卻不在雙手，也不在腦袋，是在一雙眼。」

雷鳳心中又暗罵道：「該死的瞎子！」

蝙蝠竟然好像聽到雷鳳心中的話，怪笑著接道：「你現在心中一定在暗罵，我這個瞎子實在該死了。」

雷鳳一怔。

蝙蝠道：「人總會死的，有時候早死比較遲死更好。」

雷鳳暗忖道：「你這種人早死了最好！」

蝙蝠忽然問道：「你可知我年輕的時候是怎樣子？」

他跟著道：「說出來你也許不相信，我年輕的時候，既英俊又瀟灑，絕不在任何一個美男子之下。」

——鬼才相信。

雷鳳心中的暗罵，蝙蝠應該是聽不到的，他卻好像聽到一樣，笑接道：

「我知道你一定不相信。」

一頓道：「這都是事實。」

雷鳳盯著他。

無論怎樣看來蝙蝠都不像是一個英俊的男人。

蝙蝠即時嘆了一口氣，道：「現在的我卻實在太難看了，無論從什麼角度來看，都不像一個英俊瀟灑的男人。」

他接又嘆了一口氣，沉聲道：「這是有原因的，說來卻是多年的事情了。」

雷鳳在聽著。

她雖然痛恨這個人，對於這個人亦不無奇怪。

蝙蝠接道：「這些陳年舊事，不說也罷。」

雷鳳居然感到一陣失望。

蝙蝠喃喃自語的又説道：「人總會死的，就正如人總會老一樣，任何人都是這樣，一老了總會很難看。」

他緩緩吟道：「美人自古如名將，不許人間見白頭。」

接問雷鳳：「這兩句詩你相信也聽過。」

雷鳳當然聽過。

蝙蝠道：「所以很多人都希望能夠有辦法將自己的青春美麗保留下來，一直到死亡。」

他沉聲嘆道：「也所以有很美麗的人完全不能夠接受衰老的降臨，甚至不惜以死來保持自己的美麗，像這種人，男人比較少，卻不是完全沒有。」

雷鳳只有聽。

蝙蝠接説道：「一個人的青春無論如何是保留不到永遠的，古來不少人求助於靈丹妙藥，成功的例子不是沒有，卻都是神話，退而求其次，將美麗的容貌保留下來，卻是可以的。」

雷鳳心中暗忖問：「又是什麼辦法？」

蝙蝠的話很快接上。「那其實很簡單，譬如說，將之畫下來。」

雷鳳暗自「哦」的一聲。「原來如此。」

蝙蝠道：「諸如此類的辦法實在太多，即使假藉雕刻方面，在我之前，也有不少人動腦袋，只是沒有一個人，像我所做的這樣徹底。」

雷鳳不能不承認。

蝙蝠的面上又露出了那種接近白痴的笑容，道：「這種工作卻不是容易做的。就準備方面，我已經準備接近十年。」

他嘆息接道：「而且美麗的女孩子也實在不多，在選擇方面也實在頗費心思。」

一頓接又道：「關於這方面，我好像已經對你說過了。」

對於方才他說過的話，他彷佛已完全不復記憶。

雷鳳呆呆的聽著。

蝙蝠吐了一口氣，接道：「最要命的卻是我這種工作，絕對是沒有人同情的。」

「所以我只有暗中進行，在不同的十三處地方，設下我私自的王國，絕對沒有人騷擾的王國。」

——十三處地方？

雷鳳那剎那實在驚駭之極。

好像這樣的地方，一個都已嫌太多。

從那些木美人以及四壁的乳房、面龐、屁股、腰肢雙腳來看，也不知多少個少女被蝙蝠誘進來這裡的了，十三處地方加起來，那豈非數以千計？

難怪雷鳳驚駭。

◇◇◇

那個奇怪的語聲即時又傳來，問道：「那十三處地方到底在哪裡？」

蝙蝠癡笑道：「一個不就是在這裡了。」

那個聲音道：「還有十二個——」

蝙蝠道：「那十三個地方當然就分佈在南七北六十三省之中。」

他癡笑接道：「所以無論我人在哪一省都可以隨時繼續我偉大的工作。」

那個聲音道：「詳細的地址，你難道都忘記了？」

蝙蝠道：「我怎會忘記？」

那個聲音道：「真的麼？」

蝙蝠白痴也似的笑道：「我若是忘記，又怎會走來這裡？你這個人真莫名其妙。」

這個人到底是誰？

雷鳳也覺得奇怪。

那個聲音接說道：「一個人總會老的。」

蝙蝠怪笑道：「當然了，你以為，天下間真的有靈丹妙藥，能夠使人長生不老嗎？」

那個聲音道：「當然沒有的。」

那聲音道：「人老了，各種毛病自然也會多起來。」

蝙蝠道：「這也是無可避免之事。」

那個聲音道：「到時候，眼睛也許就發花，耳朵也會變得半聾，就是血氣，也會逐漸衰弱。」

蝙蝠道：「不錯啊。」

那個聲音道：「就是記憶力，也會衰退的。」

蝙蝠道：「這也是老人普遍有的毛病。」

那個聲音轉問道：「那麼你若是忘記了那十二處所在，也不是一件值得奇怪的事情了。」

蝙蝠癡笑道：「我還不至老到這地步。」

那個聲音道：「那你告訴我其他十二個地址看看可以不可以？」

「當然可以了。」

這句話出口，蝙蝠突然就一呆，他整個人都陷入沉思之中。

然後緩緩蹲下了身子，眼瞳中突然射出一種既惶惑，又痛苦的神色。

他忽然舉起雙手，抱住了自己的腦袋，呻吟道：「怎麼我全都忘記了？」

「那十二處地方——」他一頓，忽然又問道：「這裡到底又是在哪一省？」

那個聲音道：「連這些你也都忘記了。」

蝙蝠搖頭道：「沒有可能的，否則我怎會來到這裡？」

那個聲音道：「原因很簡單，你並不是自己走來的。」

蝙蝠道：「難道是別人帶我到來？」

那個聲音道：「是。」

蝙蝠道：「誰？」

「我！」

「你到底是誰？」

「你！」

「我？」蝙蝠不由又怔在當場。

雷鳳亦聽得一怔。

那個聲音道：「我也就是你——是你的魂魄。」

「魂魄？」蝙蝠聳然動容。「我可沒有死，你若是我的魂魄，怎會離開我？」

那個聲音道：「因為你實在太老了，你的精神已開始衰退，已接近死亡，已無法再與我結合在一起。」

蝙蝠茫然道：「我實在太老了？」

那個聲音道：「你已老得連那麼重要的事都忘掉。」

蝙蝠苦笑，忽然道：「幸好我已作好準備。」

「什麼準備？」

「我已經將那些地方詳細的地址分刻在十三柄寶刀之上，即使我老得什麼也記不起，看見那十三柄刀，仍是知道那十三處的地方所在。」

那個聲音道：「這是一個好辦法。」

蝙蝠道：「算不了什麼，那樣做，可以說實在有些多餘，因為我的記性無論如何都不會那麼差的。」

這句話說完，他忽然苦笑起來，道：「想不到，我真的竟然有這一天，記性壞成這樣子。」

他雙手捧著腦袋，用力的搖了一搖。

然後又反手一拍自己的腦袋，嘟喃道：「該死該死，怎麼我的記性忽然變得這樣壞？」

那個聲音道：「這是沒有辦法的事情。」

蝙蝠嘆息道：「我真的這樣老了。」

那個聲音忽問道：「那十三柄寶刀呢，現在在哪裡，你是否記得起來？」

蝙蝠忽然笑起來，笑得很開心，道：「這個我記得，這個我記得非常清楚。」

那個聲音道：「真的麼？」

蝙蝠道：「當然真的了。」

「在哪裡？」

「在……在……」蝙蝠道：「我很難告訴你在哪裡。」

那個聲音道：「為什麼？」

蝙蝠道：「因為我已將那十三柄寶刀送給別人。」

他突然搖頭，道：「不，不是十三柄，是……十二柄，不錯，只是十二柄。」

那個聲音道：「你記得這麼清楚？」

蝙蝠怪笑道：「你知道我將那十二柄寶刀送給了什麼人？」

「什麼人？」

「十二個很美麗、很動人的女人。」

「十二個女人？」

「她們都是最美好的，而且都不同類型，有的環肥，有的燕瘦，有的、有的……」

他的話不知何故又接不上去。

那個聲音道：「你連那重要的寶刀都肯送給她們，可見得你是很喜歡她們的。」

蝙蝠道：「當然了。」

那個聲音道：「所以你的印象才會這樣深，雖然老得什麼也記不起來，仍然記得起她們。」

蝙蝠癡笑。

那個聲音道：「她們叫什麼名字，你是否也記得起？」

「她們叫什麼名字？」蝙蝠怔住在那裡。

那個聲音道：「勞紫霞是不是其中之一？」

蝙蝠脫口道：「她是的，你……你怎麼知道？」

那個聲音道：「我與你本為一體，怎會不知？」

蝙蝠連連點頭道：「是極是極。」

那個聲音接道：「山東黑牡丹，河北白芙蓉。」

蝙蝠叫道：「她們也是！」

那個聲音道：「還有呢？」

蝙蝠怔怔的想了片刻，突然舉手力捶自己腦袋，道：「該死該死！」

那個聲音嘆息道：「你想不起來？」

蝙蝠道：「你告訴我好不好？」

那個聲音再嘆息道：「你仔細想想，總會想起來。」

蝙蝠道：「我……我……」

一連幾聲「我」，他抱著腦袋，埋在雙膝間。

那個聲音靜了下來。

整個「室」又回復那種接近死亡的寂靜。

也不知過了多久，蝙蝠霍的抬起頭來，近乎呻吟，道：「我真的想不起來了，你告訴我好不好？」

他是在問他那個「魂魄」。

沒有答覆。

蝙蝠一問再問，仍然沒有答覆，他面上陡然露出惶恐已極的表情，怪叫起來道：「你為什麼不回答我的話？為什麼？」

室內一些反應也沒有。

蝙蝠更惶恐，嘶聲道：「難道你竟然離我而去？你怎能夠這樣做？」

那個聲音始終沒有再響起。

蝙蝠陡地長身站起來，雙手亂抓，道：「你是我的魂魄，怎能夠離開我！」

他的語聲充滿了恐懼。

從他面上的神情看來，他簡直就失魂落魄一樣。

那語聲本來已經很奇怪，在恐懼之下，更顯得奇怪了。

那盞垂下來的油燈，也就在這個時候逐漸的微弱，終於熄滅。

整個石室又被黑暗吞噬。

蝙蝠的怪叫聲在室內迴蕩，亦逐漸嘶啞起來。

——蝙蝠的魂魄難道真的已離開軀殼？

——一個人沒有魂魄，又將會變成怎樣？

七　斷腸劍

夜未深。

鎮遠鏢局大堂內燈光輝煌。

秋菊在兩個鏢師的扶持下，在一張椅子坐下。

她的面色蒼白得有如白紙一樣，身子不停的顫抖，看來隨時都會再昏倒。

她飛馬直奔鏢局，奪門而入，人就從馬背上掉下來。

鏢局中的人看在眼內，都無不大吃一驚，誰都知道必然發生了很嚴重的事情。

幾個鏢師立即搶前將她扶起來，那邊已有人通傳進去。

她才在椅上坐下，兩個人就奔馬一樣從內裡奔出來。當先一人面如重棗，長髯及胸，正是「金刀」雷迅，在他的後面緊跟著他的結拜兄弟「銀劍」韓生。

雷迅才一步跨進堂中，已自大呼道：「人呢，人在哪裡？」

一個鏢師方應一聲：「這裡——」雷迅已飛步搶過去，一把抄住秋菊，搖撼喝問道：「秋菊，發生了什麼事情？」

秋菊神智已有些模糊，給雷迅這一搖撼，彷彿又清醒幾分，道：「有……有人……」

雷迅急不及待的問道：「有人幹什麼？」

秋菊道：「將小姐騙去！」

雷迅道：「誰？其他的人呢？」

秋菊道：「都死了。」

「什麼？」雷迅瞪眼道：「陶九城、張半湖也都死了？」

秋菊眼淚奪眶而出，道：「他們為掩護我逃走，都死了。」

雷迅臉色大變。

張半湖、陶九城兩人的武功如何，他是知道的。

韓生一旁插口問道：「在哪兒發生的？」

秋菊道：「城外的古道……」

韓生道：「小姐沒有死？」

秋菊道：「沒有，卻給人騙去天龍古刹。」

「天龍古刹？」

秋菊道：「那封信說，蕭七在那兒等候小姐。」

「蕭七？」韓生一怔。

雷迅急問道：「斷腸劍蕭七？」

秋菊點頭。

雷迅用力的搖撼秋菊，喝問道：「蕭七將鳳兒騙走，殺死了陶九城、張半湖他們？」

秋菊並沒有回答，頭一側，又再昏迷了過去。

她失血實在太多，勉強策馬趕回來，全仗一股義氣支持，看見雷迅、韓生他們，精神不免一鬆，給雷迅這樣用力的搖撼，如何還能夠支持下去。

雷迅猶自搖撼著秋菊追問：「是不是？」

韓生忙伸手將雷迅按住，道：「她已經昏迷過去了。」

雷迅如夢初覺，道：「怎麼……」

韓生道：「她受傷不輕，頸部那個傷口若是再深少許，我看便是死定了。」

他嘆息一聲，接道：「能夠活著走回報訊，已經是奇蹟。」

雷迅不覺將手鬆開，道：「二弟，以我看來，這件事應該不會是假的了。」

韓生道：「應該不會。」

雷迅道：「蕭七為什麼要這樣做？」

韓生道：「其中只怕是另有蹊蹺。」

雷迅瞪眼道：「有什麼蹊蹺，難道你以為這件事不是蕭七的所為？」

韓生道：「蕭七俠名滿天下。」

雷迅冷笑道：「江湖上多的是盜名欺世之輩。」

韓生沉吟不語。

雷迅轉望堂外一眼，道：「無論如何，你我兄弟也要出城一看究竟不可。」

韓生道：「好。」霍地回轉身，振吭道：「來人，備馬！」

旁邊兩個鏢師立即搶著奔了出去。

另一個鏢師卻趨前道：「總鏢頭。」

雷迅怒道：「鏢局之中無論什麼事我現在都不管了。」

那個鏢師忙道：「這並非鏢局的事情。」

雷迅斷喝道：「還有什麼事比我女兒的性命還要緊？」

那個鏢師道：「屬下方才回來鏢局的時候，看見了蕭七……」

雷迅目光暴盛，喝問道：「蕭七？你在哪裡看見蕭七？」

那個鏢師道：「屬下看見他進入了太白樓。」

雷迅道：「城東太白樓？」

「正是！」

雷迅握拳道：「好小子，居然還有興致去喝酒，來人呀，快備馬！」

語聲未落，幾個鏢師已牽著馬匹向這邊奔來。

十多匹健馬，有些鞍還未裝好。

雷迅立即飛身過去。

韓生急追前，道：「這件事只怕另有蹊蹺。」

雷迅道：「問蕭七一個清楚明白，就什麼都清楚明白了。」

韓生道：「不錯，走！」

一聲「走」，刷地躍上了一匹健馬之上。

雷迅亦躍上另一匹健馬，搶過韁繩，喝叱一聲，策馬疾奔了出去！

韓生緊追在後面。

其餘鏢師亦紛紛取過坐騎，一一上馬，緊隨著追了出去！

馬蹄雷鳴，激起了半天塵土，十多匹健馬箭也似衝出了鎮遠鏢局大門！

◇◇◇

燈已上，太白樓中熱鬧非常，比平時更加熱鬧。

因為，今夜太白樓來了一個很特別的客人，也就因為這個客人，太白樓在片刻之間已完全客滿。

這其中，竟然不少是女客。

她們之中，有在家閨秀，有名妓，亦有俠女。

她們都是為了看一個人到來。

——蕭七！

指。

◇◇◇◇

「斷腸劍」蕭七名震江湖，武功之高強，在年輕一輩，可以說是首屈一指。

他的英俊同樣是天下有名。

有人說，他乃是天下第一美男子，很多人對於這種傳說，都不大相信。

但是他們有機會看見蕭七，卻又不能不承認這是事實。

最低限度，在他們有生以來，還沒有看見第二個這樣英俊的男子。

很奇怪，他們對於蕭七大都沒有妒忌之心，也許是因為，蕭七平易近人，從來沒有架子。

蕭七的嫉惡如仇，亦未嘗不是一個因素。

當然，在惡人來說，對於蕭七卻是痛恨得多。

然而到現在蕭七仍然活得很好。

「斷腸劍」畢竟名不虛傳。

他現在正坐在大堂上，一個人。

本來他約了一個朋友，可是那個朋友現在仍然未到來，他並不奇怪。

因為，現在與約會的時間才不過過了半刻，他那個朋友能夠在約會時間一個時辰之後到來，已經是奇蹟了。

他卻也並不準備待那個朋友到來才預備酒菜。

現在他已經在品嚐太白樓的美酒佳餚了。

◇

酒是美酒，餚是佳餚，蕭七從容的品嚐，一些也並不著急。

因為反正他一定要等那個朋友到來。

他們已經分別了三年。

周圍千百道目光正落在他的身上，他並不在乎，這在他已經習慣。

他也沒有理會那些注視他的人。

那些人卻大都希望他望來，因為他們原就是來見他一面的。

他們很多都很想舉步走過去，可是卻沒有一個提起勇氣。

那些女人若是大家閨秀，不免怕羞，即使風塵女子，亦不能不有所顧慮。

因為傳聞蕭七殺人不眨眼，劍一出，必見血。

他的手雖然現在在用筷，但是看來卻那麼靈敏，好像隨時都會落在腰間，將劍拔出。

這實在是一種很奇怪的景象。

太白樓中是那麼靜寂，大多數的人都不怎樣動筷，只有蕭七一個人落筷不停。

蕭七雖然沒有看他們，心中其實很清楚。

可是他能夠怎樣？

他只有暗自嘆息，暗自苦笑，那些人也未免太無聊了。

也不知過了多久，他終於抬起頭來，向左望。

那邊的人一心為看蕭七而來的立時全都精神大振，可是他們與蕭七的目光接觸，卻不禁由心寒出來。

蕭七的目光實在太森冷了。

森冷得就像一雙出鞘的利劍！

也就在這個時候，「嘩啦」的一聲，那邊的一個窗戶突然碎裂。

木屑紛飛中，一個人奪窗而入！

那個人一身藍布長衫，年已四旬，顴骨高聳，雙目如電，一看就知是內外功兼修，非比尋常的高手。

他手中一支軟劍，三尺長，毒蛇般颼颼抖動，飛刺向蕭七！

他的來勢也實在驚人，木屑方紛飛，人已經穿窗，那些木屑凌空尚未落，人劍已凌空飛越兩丈，來到蕭七的桌前。

人到劍到！

軟劍毒蛇一樣標向蕭七的咽喉胸膛！

一招三式，三式竟好像同時發出！

蕭七竟然無動於衷，神色不變。

眼看那支劍就快要刺到，他右手倏的一伸，手中筷子閃電般挾在劍鋒之上！

叮的一聲，那雙象牙筷子竟然將劍鋒挾一個正著，整支劍的劍勢立時被挾死。

那雙筷子就像是正挾在毒蛇的七寸之上！

藍衣人面色一變，腕一翻，便待扭轉劍鋒將筷子削斷，可是他的手腕才轉，蕭七已一聲暴喝：「去！」筷子猛一揮！

那個藍衣人只覺得一股力道猛撞來，連人帶劍，身不由己的被那雙筷子揮得斜飛了出去！

他心頭大駭，仍不失鎮定，半空中一個翻身，卸去力道，斜落在地上。

蕭七盯著他，即時道：「什麼人？」

藍衣人道：「徐方！」

蕭七道：「毒無常徐方？」

藍衣人道：「正是！」

蕭七道：「王十洲與你合稱無常雙毒。」

徐方道：「是事實。」

蕭七道：「你們是結拜兄弟？」

徐方道：「所以你殺了他，我就得替他報仇！」

蕭七道：「就憑你？」

「還有我！」霹靂一樣的聲音震撼大堂，右邊一道窗戶即時四分五裂，窗戶周圍的牆壁也裂開！

裂出了一個人形！

砂土飛揚中，一個人穿牆而入！

那個裂口與他一樣的大小，他竟然是以內功將那面牆壁迫出一個洞走進來。

蕭七目光落在那個人的身上，剎那一寒。

那個人一身黑布長衫，身形瘦長，面龐亦非常瘦削，整個驟看來，就像是刀削出來一樣。

他滿頭白髮，一臉皺紋，看年紀，只怕在七十以外。

滿堂客人在那個藍衣人穿窗飛劍襲擊蕭七之後，已散掉一半。

剩下來的大都是江湖中人，看見這個白髮黑衣老人出現，再散去一半。

——這是誰？

——王無邪！

——什麼？他就是無邪有毒，奪魄勾魂王無邪？

一聽得來人就是江湖上的大煞星王無邪，剩下來的江湖人又散去八九。

那些店小二看見這種情形，也知道來人非同小可，亦忙散開去。

偌大的一個廳堂，連蕭七、徐方、王無邪在內，就只剩下七個人。

其餘那四個都是中年人，一個個精神飽滿，目光銳利，顯然全都是好手。

也只有好手，現在才敢留下來。

王無邪平生殺人無數，出手毒辣，江湖中人都是聞名色變。

他退出江湖已經有三四年，但惡名仍在。

所以那些江湖人看見是他，聽說是他，都慌忙開溜。

王無邪沒有留住他們，目光突然轉落在仍留在座位那四個中年人身上，道：「這裡沒你們的事情。」

一個江湖人道：「老爺子，我是十洲兄朋友。」

另一個接道：「我也是。」

王無邪道：「你們也想替他討一個公道？」

兩人道：「不錯。」

王無邪道：「若是如此，何以還未動手？為什麼等我到來？」

兩人相顧一眼，還未開口，王無邪已接道：「你們怎知道我到來？」

兩人都不知道如何回答。

王無邪語聲一厲揮手道：「滾，給我滾出去！」

那兩人面色一變，忙自抽身退開去。

王無邪轉顧其他兩人，道：「你們呢？也是十洲的朋友？」

那兩人不約而同搖頭。

王無邪接問道：「那是蕭七的朋友？」

那兩人之一道：「也不是。」

王無邪語聲一沉，喝道：「滾！」

那兩人面色盡變，一個道：「這兒太白樓可不是你王無邪的地方。」

王無邪喝叱道：「大膽。」

那個人道：「本來就大膽。」

王無邪道：「你是什麼人的子弟？」

那個人道：「武當長青！」

王無邪道：「原來青松子的弟子。」

那個人道：「正是。」

王無邪道：「武當派人才鼎盛，是當今十大門派之一，難怪你膽敢直呼我姓名。」

那個人方待應話，王無邪目光已轉向另一個，問道：「你呢？」

「太湖十三寨的人。」

「也果然大有來歷，你是準備瞧熱鬧了？」

「只是想見識一下斷腸劍的厲害。」

「好！」這個字出口，王無邪瘦長的身形已凌空躍了起來。

他竟是撲向那兩個人！

那個武當青松子的弟子腰間劍立即出鞘，「嗡」一聲一抖，道：「我不找你麻煩，你也少管我！」

王無邪冷笑。

那個人長劍立即刺出，刺向王無邪抓來的五指。

王無邪冷笑，仍然抓向前。

那個人冷笑，長劍一快，迅速刺向王無邪五指。

王無邪眼看五指要迎上劍尖，可是那剎那，他的右手突然一翻，指一彈！

「叮」一聲，正彈在劍鋒上。

那支劍竟被他彈得疾揚了起來。

王無邪立時搶入空門，五指原勢正插向那個人握劍的右腕！

那個人心頭一凜，抽身忙退。

他快，王無邪更快，五指突然一屈一彈在那個人的右腕上。

一陣碎骨聲立起。

那個人的右腕竟然被彈碎五處之多，劍再也把持不住，脫手飛出。

王無邪手一翻，正好將那支劍抄在手裡，一抄拋起，屈指再一彈！

「叮」一聲，那支劍的劍鋒竟然被齊中彈斷！

連柄的一截飛插地面，直沒入柄，劍尖的一截「嗤」的飛上半空，奪地插入一條橫樑上，也竟沒入有三寸之多。

這一彈之力實在驚人。

那個人一張臉也嚇得白了起來，倉惶的後退。

王無邪沒有再出聲，冷冷的盯著他，再喝道：「滾！」

這一次那個人倒真的聽話，一跺足，轉身急奔出去。

王無邪目光一轉盯著那個太湖十三寨的人。

那個人不待他開口，已青著臉轉身奔出。

在堂外本來有很多人在張頭探腦，但看見現在這種情形，都不敢多看一眼，不約而同，悄然引退。

王無邪目光回轉向蕭七，道：「現在我們可以放手一搏了。」

蕭七冷冷的盯著他，道：「無邪有毒，奪魄勾魂，果然名不虛傳，那個青松子的門徒，這一生那隻右手我看不用動兵器了。」

王無邪道：「不錯。」

他冷笑一聲，道：「武當乃是名門大派，也是正當門派。」

蕭七道：「沒有人說不是。」

王無邪道：「你竟然袖手旁觀，由得我將他的右手五指彈斷。」

蕭七道：「因為我認識他。」

王無邪道：「哦？」

蕭七道：「他姓鄧，單名玉，乃是青松子最寵愛的一個徒弟。」

王無邪道：「這又如何？」

蕭七道：「這個人好色如命，曾經恃著武當長青弟子，任性行事，強搶過一個農家少女，而且將那個少女的父親的一隻手斬斷。」

王無邪道：「有這種事？」

蕭七道：「因為告訴我這件事的朋友，生平絕不說不老實的話。」

王無邪道：「有這種老實人？」

蕭七道：「他就是鐵膽賽孟嘗。」

王無邪一怔，冷笑道：「原來是這個傻瓜，他的話的確是足信的。」

蕭七道：「所以方才看見他在座，已有意上前去將他的手斬下來，難得你替我這樣做，我又怎會阻止你？」

王無邪冷笑道：「這樣說，你還該多謝我了。」

蕭七道：「不錯。」

王無邪道：「卻不知你怎樣謝我？」

蕭七反問道：「你要我怎樣謝你？」

王無邪道：「要你的命！」

蕭七道：「這個就恕難從命。」

王無邪道：「由不得你！」身形陡起，疾向蕭七那邊撲去。

蕭七的身形同時拔了起來。

那事實只是瞬息之間，王無邪身形已落下，雙掌同時亦落下，正劈在蕭七方才置身之處。

那雙掌當然再也劈不到蕭七，卻將蕭七那張桌子劈成了幾片，杯筷橫飛！

轟然一聲，那張桌子四分五裂，王無邪雙手電閃般一一抓住，一一飛出。

飛擲蕭七！

好好的一張桌子，在他的雙掌之下竟然四分五裂，卻沒有倒塌地上，反而一飛上了半天。

碎裂的桌子每一片的形狀都不同，但現在都佈滿了王無邪本身的真力，頃刻間，有的像劍，有的像刀，有的像鐵棍，有的像銅鎚，彷彿就像是幾個高手分持各種不同的兵器向蕭七襲到！

好一個蕭七，半空中身形一翻，劍出鞘，一蓬光即時從他的身上散發出來。

那些木桌碎片才接近，立刻被劍絞成粉碎！

徐方在那邊看見，心頭不禁駭然，蕭七武功的高強，顯然在他意料之外。

王無邪也一怔，脫口道：「好劍法！」

蕭七不作聲，半空中身形一折，落在另一張桌子之上！

王無邪盯著他，接道：「你劍法的高強，實在我平生僅見，要練成這樣的劍術實在不容易，憐才也好什麼也好，留下你的右臂，饒你一條性命！」

八　無邪有毒

蕭七冷笑，道：「我一定不是你的對手，一定會死在你的劍下，是不是？」

王無邪居然道：「不錯，你還不是我的對手。」

蕭七道：「你的判斷一定不會錯誤的？」

王無邪道：「最低限度到現在還沒有。」

蕭七道：「有一件事情你大概還未知道。」

王無邪道：「什麼事情？」

蕭七道：「你只是一個人，不是一個神。」

王無邪道：「你意思是，人總會有錯誤的？」

蕭七道：「不錯！」

王無邪忽然笑起來，道：「像你我這種高手過招，任何的錯誤都不難導致死亡。」

蕭七道：「嗯。」

王無邪道：「也許我這一次的判斷是錯誤，不過好在我這把年紀，死亡也不算一回事了。」

蕭七道：「聽到你這句話，我更不敢大意了。」

王無邪道：「一個人既然不在乎生死，他的出手也必絲毫無顧忌，是不是？」

蕭七道：「是！」

王無邪目光落在自己的雙手之上，道：「我這雙手橫掃大江南北，未逢敵手。」

蕭七道：「聽說的確如此。」

王無邪道：「最低限度，在我退隱之前仍然沒有。」

蕭七道：「我也不敢肯定自己是你的對手。」

王無邪道：「你雖然沒有信心戰勝我，也絕不會退縮。」

蕭七道：「當然，你也不會讓我退縮的。」

王無邪道：「不會。」

蕭七道：「而且我也無意要退縮。」

王無邪盯著他，忽然笑道：「我倒希望你是我的對手。」

蕭七道：「為什麼？」

王無邪道：「因為我已經寂寞了多年。」

一頓道：「多年來，一直沒有人能夠將我打敗，甚至連戰平手的對手也沒有。」

蕭七道：「所以你感到寂寞？」

王無邪道：「不錯。」

的。」

蕭七盯著他，道：「無論你是怎樣的一個人，這一戰，我都絕不會看輕你的。」

王無邪道：「我明白你的意思——你也是一個真正的武人。」

蕭七道：「彼此。」

王無邪忽問道：「你知道王十洲是我什麼人？」

蕭七道：「兒子。」

王無邪道：「惟一的兒子。」

蕭七道：「可惜你這個兒子卻連你一半的氣概也沒有。」

王無邪道：「我只有那一個兒子，對於他當然難免溺愛一些。」

蕭七道：「你應該知道，我殺他為了什麼。」

王無邪道：「在你們所謂俠義中人的眼中，他的所作所為，實在該死，但是在我們的黑道中人來說，還不是窮凶極惡，尤其在我這個父親眼中，他無論做了什麼，都是情有可原，罪不該死的。」

蕭七道：「我明白。」

王無邪道：「很好。」緩緩移動腳步。

蕭七跟著移動腳步。

兩人卻再沒有任何說話。彷彿任何的話現在都已是多餘。

蕭七劍在手，人劍已呼之欲出。

王無邪雙手也是屈伸不定，已隨時準備出手。

一觸即發！

◇

王無邪移動得並不快，蕭七移動得更慢，他立在桌子之上，居高臨下，而且正是他們移動的軸心，所以無須多移動。

徐方就站在蕭七的旁邊，軟劍亦蓄勢待發。

他盯著蕭七，目光一眨也都不一眨，身形也是一動也都不動。

一直到蕭七背向著他，他突然就動了，身形颼的暴射向蕭七，手中軟劍「嗡」的抖直，毒蛇般襲向蕭七後背的要害。

劍毒心毒！

他只知道一動手，王無邪勢必乘機發動，那麼兩人即使旗鼓相當，有他的插手，王無邪必殺蕭七無疑！

這也許事實。

可惜他卻料不到，王無邪竟然一動也都不一動，只是冷冷盯著他劍刺蕭七。那剎那，他的心不由一寒。

可是他劍已刺出，已如箭離弦，一發不可收拾。

匹練也似的劍光，剎那間接近蕭七的後背，也就在這剎那之間，蕭七疾轉身過半身。

劍同時刺出！

徐方的劍並不慢，一刺十七劍，蕭七的劍卻更快，後發先至，十七劍飛刺，硬硬封住了徐方的劍勢。

徐方一聲喝叱，那剎那身形幾變，劍卻仍然施展不開！

他悶哼一聲，左手暴翻，七枚淬毒梨花釘便待射出，哪知道，他左手才動，蕭七的左掌已切在他的左腕上。

以他目光的銳利，竟然看不出蕭七這一掌如何切來，以他身手的敏銳，也竟然避不開。

一陣徹骨疼痛，他左腕被擊得疾往後翻，五指一鬆，梨花釘「叮叮」墮地。

王無邪冷眼旁觀，背負雙手，看來一點也沒有意思出手。

徐方一眼瞥見，心頭寒涼。

也就在這剎那，他突然感覺小腹一陣火熱刺痛！

這亦是他這一生最後的感覺。

蕭七那支劍赫然已刺入他的小腹。

一入即出，鮮血怒激。

徐方爛泥一樣從桌子上倒翻地上，軟劍已叮噹的脫手摔開一旁。

蕭七收劍，按劍，冷冷盯著王無邪。

他的劍既狠且快。

王無邪也是冷冷的盯著蕭七，忽然道：「一劍斷腸，果然名不虛傳。」

蕭七道：「你本來可以出手相救。」

王無邪道：「我有生以來，從來不做沒有用的事情。」

蕭七道：「哦？」

王無邪目光落在徐方的屍體之上，道：「他本不該在那個角度出手偷襲的，因為你雖然背向著他，那個角度卻無懈可擊。」

蕭七目光一寒。

王無邪接道：「他若是從右方進襲，最低限度，還可以再接你三劍。」

蕭七目光更寒，道：「他就是從右方出手，相信你也一樣不會出手相救。」

王無邪道：「不錯。」

蕭七道：「你與他一齊到來，事實是想藉他一試我的劍法虛實。」

王無邪又是道：「不錯。」

蕭七道：「他應該明白的。」

王無邪道：「這個世上聰明的人並不多，聰明如你的更加少。」

一頓接道：「可惜一個人太聰明，並非一件好事。」

蕭七冷笑道：「這句話，我也不知道已聽過多少次。」

王無邪「哦」的一聲。

蕭七道：「而且都必是一個答案。」

王無邪道：「你說！」

蕭七道：「因為一個人太聰明必定不長命！」

王無邪大笑，點頭道：「這的確不是一件好事。」

蕭七道：「不過也有人得天獨厚，非獨聰明，而且長命。」

王無邪道：「這樣的人好像不多。」

蕭七道：「卻也不少。」

王無邪道：「正如你，就是其中之一？」

蕭七道：「是不是，我還未知道，就連我是否一個聰明人，我也不知道。」

王無邪道：「你懂得這樣說，可見得你真的是一個聰明人，希望你比一般的聰明人都長命。」

蕭七反問道：「是真的希望？」

王無邪道：「假的！」

語聲一落，他身形陡然散開，卻沒有躍起身就腳踏平地衝前去。

蕭七沒有動，冷然盯著王無邪迫近！

王無邪身形不停，才接近那張桌子，猛一轉，疾轉向蕭七右方。

蕭七人劍立轉！

王無邪也轉，突然繞著那張桌子飛快的轉起來！

蕭七人劍亦疾轉起來。

他雖快，竟然追不出王無邪的身形，王無邪搶到蕭七的右方，雙掌立即劈下，劈向那張桌子的邊緣。

「格」一聲，那張桌子齊中裂開了兩片！

桌子方裂開，蕭七頎長的身子就往上拔起來，他若是在桌子裂開了之後才躍起，身形一定就難免大受影響！

身形一拔起，他凌空「霍」地一個翻身，頭下腳上，劍劃向王無邪的面門。

王無邪下一步原該就拔起身子追擊，可是他並沒有那麼做。

也許就因為他早已看出蕭七必會有那麼一劍，拔起便等如迎向蕭七的劍。

他非獨不拔，而且矮身往桌下一沉。

蕭七那一劍從他的頭上劃過，只是那麼一寸距離！

他的左右手旋即各自抄住了條桌腿，喝叱一聲，猛將那裡裂開了兩邊的桌子舉起來，疾向蕭七迎面撞過去。

蕭七身形再一個翻滾，變回了頭上腳下，人劍往上飛起來。

王無邪這時候才拔起身子，他雙手仍然握著那兩邊破桌子，而身形居然相當迅速。

那兩邊桌子就像是兩面盾牌也似，護住了他的面門，卻繼續撞向蕭七。

蕭七身形一變再變，竟仍脫不出桌子所撞擊的範圍，一聲長嘯，腰身陡一弓，疾撞在瓦面上！

「嘩啦」聲響中，瓦片紛飛，蕭七穿破屋頂而飛出。

那只是剎那，王無邪手執那兩邊桌子亦撞在瓦面上，「轟轟」兩聲巨響，一大片瓦面疾揚了起來，旋即在半空爆裂，飛散。

王無邪緊接沖天而起，斜刺裡落下，正落在蕭七一旁，雙手桌子「橫掃千匹馬」，疾掃了出去。

蕭七身形再拔起！

王無邪一掃落空，雙手左右陡一合，那兩邊桌子便相撞在一起，「轟」一聲四分五裂，無數木屑碎片箭一樣四射。

最少有一半是射向蕭七！

蕭七人在半空，長劍飛展，人劍化成一個光球，木箭才射上，便已被絞成粉碎！

王無邪這時候也拔起身子來，雙掌搶進空門，左七右六，猛擊十三掌。

勁風呼嘯，蕭七劍勢立被擊散，王無邪的第十三掌，竟然從劍下拍入，拍向他的胸膛。

好一個蕭七，半空中移形換位，間不容髮的剎那，讓開了王無邪那一掌，身形卻已迫出了飛簾外！

他輕喝一聲，身形飛鳥般落下。

那之下就是長街，從樓中奔出來的人也就是聚在那裡，但看見瓦面飛碎，兩人已打了出來，慌忙又四散。

蕭七身形甫著地，王無邪亦已從天而降，雙掌「五雷轟頂」，當頭猛印下。

蕭七這一次沒有閃避，劍急起，劃出一圈光輪，迎向王無邪的雙掌。

王無邪不等雙掌擊至，人就倒翻了開。

以他的武功經驗，當然看得出蕭七這一劍的厲害！

蕭七劍輪立收，人劍合一，反擊王無邪，如離弦箭矢，如閃電！

王無邪半空中一連換了七種身法，才將那一劍避開，身形已著地，雙腳一踏實，他左右急拍四掌，便又將蕭七劍勢封住。

蕭七身形一動，劍勢卻已開脫。

王無邪冷笑一聲，道：「果然好身手！」

一頓接道：「這裡毫無障礙，你我大可以放手一拚了！」

蕭七尚未答話，對面長街馬蹄雷鳴，十數騎疾奔了過來。

雷迅一馬當先，老遠已自大呼道：「蕭七！」

他並不認識蕭七，但跟在一旁認識蕭七的那個鏢師，老遠便已將蕭七指出來。

王無邪應聲回頭，道：「助拳的朋友來了！」

蕭七皺眉道：「未必是朋友。」

王無邪道：「那是找你麻煩來的了。」

蕭七道：「亦未可知。」

王無邪道：「無論來的是什麼人，都得先等我倒在你劍下！」

語聲一落，雙拳又擊，左右交替，迅急毒辣！

拳風激得蕭七衣袂頭巾獵獵飛舞。

這片刻之間，來騎已奔至，雷迅馬上大喝：「住手！」

語聲甫落，兩個鏢師先自滾鞍躍下，雙刀齊出，左右作勢將蕭七、王無邪分開，幫腔接道：「大家住手！」

蕭七一怔，他的劍未收，王無邪已收拳急道：「誰叫你住手！」

那個鏢師搶先應道：「我們總……」

「鏢師」兩字尚未出口，王無邪已截喝道：「就憑你們，也敢叫我住手？」

語聲一落，身形暴展，撲向左面那個鏢師。

蕭七一眼瞥見，急喝一聲：「閃開！」人劍飛射向王無邪。

那個鏢師並沒有聽他吩咐，而且舉刀想將王無邪擋回，他的刀才舉起，王無邪的右掌已痛擊在他的胸膛之上。

拳快如閃電，又豈是那個鏢師閃避得了。

「砉」地骨碎聲暴響，那個鏢師的胸膛塌了下去，整個身子卻飛了起來，飛出了丈外。

這一拳的威力也實在驚人。

雷迅大吃一驚，旁邊銀劍韓生也不例外，兩人到底是老江湖，見識也不少，這一拳之下，已知道王無邪這個人心狠手辣，視人命有如草芥。

他們卻都不認識王無邪。

◇◇◇◇

蕭七劍雖快，也仍然慢了一步。

他知道救人不及，劍不攻王無邪的右拳，只是橫削王無邪腰脅。

王無邪一閃避開，身形飛退，急退到另外那個持刀鏢師身旁。

蕭七實在想不到像這樣的一個高手，心胸竟然狹隘，截擊已經不及，心頭不禁一涼。

那個鏢師眼看王無邪來，長刀急展，一連七刀，卻不求傷敵，只在護身。

可惜在王無邪面前，想護身也不成。

他的第七刀才刺出，王無邪已在他的胸膛上連擊三拳。

那三拳簡直就像是同時擊下。

那個鏢師整個胸膛被擊得塌下，然後整個身子倒飛了出去，撞在一道高牆上，蓬然有聲。

無論誰都看出他完全沒有活命的可能！

蕭七劍指著王無邪，怒喝道：「這算是什麼？」

王無邪緩緩回頭，笑道：「老夫只是不想再有任何人騷擾我們間的決鬥！」

蕭七尚未說些什麼，雷迅已大聲喝問：「你這個老匹夫是什麼東西，為什麼殺我手下鏢師！」

王無邪冷然目注雷迅，道：「你叫老夫什麼？」

雷迅道：「老匹夫！」

王無邪道：「很好！」

雷迅道：「好什麼？」

王無邪道：「老夫已經有一個充份殺你的理由，如何不好！」

雷迅怒極而笑，道：「我本是找蕭七算賬，現在先殺你，亦未嘗不可。」

蕭七聽說一怔，方待問雷迅，雷迅金刀已經「嗆啷」出鞘，刀指王無邪，道：「說你的姓名！」

王無邪背負雙手，上下打量了雷迅一眼，道：「你還是不要知道的好！」

雷迅怒笑道：「原來又是個藏頭縮尾，不敢以姓名示人之輩。」

王無邪冷冷的道：「我只是怕說出來，你便嚇得手腳都癱軟，那麼打起來，又有何趣味？」

雷迅道：「你以為你的姓名真的那麼驚人？」

一頓喝道：「高姓大名？」

王無邪一字字的應道：「王無邪！」

雷迅面色一變，銀劍韓生也不例外，隨來一眾鏢師更無不聳然動容。

「無邪有毒，奪魄勾魂？」雷迅脫口接問。

「正是！」

雷迅徐徐的吸了一口氣，道：「原來是你這個老匹夫！」

王無邪面色一寒，道：「我若是教你死得舒舒服服，未免就太對你不起了。」

他的語聲陰沉之極，一字一頓，仿如重錘，一下下撞擊在雷迅心頭之上。

雷迅突然大笑，道：「你雖然很有名，卻還嚇不倒我！」

王無邪一怔，道：「哦？」

雷迅霍地一拂袖，道：「兒郎們退下，這是我雷某人的事情，與你們無關。」

眾鏢師齊皆一怔，一旁韓生淡笑道：「大哥這樣說，是不要我這個兄弟了？」

雷迅搖頭，道：「兄弟——」

韓生道：「我們哥兒倆出生入死，不下數十次，幾曾分開過，你就是獨赴幽冥，閻王老子看見也會將你趕回來。」

雷迅只有苦笑。

一個鏢師即時振吭大呼道：「總捕頭也莫當了我們是貪生畏死之輩。」

雷迅感激的道：「大家……」

韓生笑應道：「王無邪也只是一個人而已。」

王無邪應道：「這個人與你們也只是一些兒不同。」

雷迅道：「哪些兒？」

王無邪道：「武功！」

雷迅道：「你的武功的確比我們好得多，這卻不表示我們就不是你的對手。」

王無邪道：「是麼？」

雷迅道：「一夫拚死，萬夫莫敵！」

王無邪道：「荒謬！」

雷迅目光轉落在蕭七面上，道：「姓蕭的，雷某人有命，再跟你算賬。」

蕭七又是一怔。

雷迅金光一晃，疾從馬鞍上拔起來，半空大喝一聲：「接刀！」連人帶刀迎頭向王無邪斬下。

韓生同時發動，銀劍出鞘，寒光一閃，人劍如箭般射向王無邪。

眾鏢師叱喝聲中亦自紛紛下馬，一齊撤出了兵器，向王無邪衝過去。

王無邪大笑：「送死的來了！」

笑語聲未已，金刀銀劍已攻到，王無邪不避不閃，欺進刀光劍影內，雙袖飛揚，拍拍聲中，將金刀銀劍迫開了三尺，身形陡地往上疾拔了起來，刀尖劍鋒上滾過，落在衝上來的眾鏢師當中。

雷迅、韓生一聲：「不好！」刀劍急回救助。

王無邪身形甫落，右手已曲指如鉤抓出，「刷」地抓在一個鏢師的咽喉之上！

那個鏢師當場氣絕，身子旋即被王無邪掄了起來！

王無邪隨即以那個鏢師的屍體，迎向眾鏢師劈來的兵刃！

那些鏢師兵刃如何劈得下手，哪知道兵刃才收，王無邪立即將屍體脫手擲出，正撞在一個鏢師胸膛之上！

那個屍體已注滿了他的內力，何異鐵石，蓬然一聲，屍體落地，被屍體撞中那個鏢師卻口吐鮮血，倒飛了出去！

一飛丈八，撞上牆壁，眼看又是凶多吉少。

雷迅眼都紅了，厲聲道：「姓王的，好歹你也是一個成名江湖的人，這樣做算是什麼？」

王無邪陰笑道：「叫你們知道厲害，要命的就退下！」

眾人非獨沒有退下，反而揮動兵刃，呼喝衝前。

雷迅、韓生刀劍搶先，王無邪卻不理他們，身形欺入鏢師群中，反手一肘，又一個鏢師吐血，疾飛了出去！

韓生目眥迸裂，嘶聲道：「接劍！」

王無邪沒有接，笑道：「一定接的，卻非現在！」

雷迅怒道：「老匹夫，你又算是那門子的好漢！」

王無邪大笑道：「老匹夫根本就不是那門子的好漢，所以先找容易的吃。」

笑語聲未已，一手又抓向一個鏢師咽喉！

那個鏢師看在眼內，卻竟然毫無閃避的餘地。

千鈞一髮，一道劍光突然橫裡飛來！

是蕭七的劍！

王無邪急忙縮手，怪笑道：「姓蕭的，你莫忘記了，他們是來找你算賬的。」

蕭七道：「這是另外一件事。」

王無邪「哦」一聲，道：「我差點忘記了你本就是一個俠客。」

蕭七道：「我只知事有先後，我們先了斷彼此之間過節再說。」

王無邪道：「也好！」

說話間，兩人已交手百招！

蕭七劍出如閃電，王無邪拳掌兼施，勁風呼嘯，只震得旁人衣衫獵獵的作響！

雷迅深深的吸了一口氣，金刀勇進，一面大吼道：「姓蕭的，滾開！」

王無邪反手拂袖，震開來刀，道：「蕭七，你可聽到了，別人不領情。」

蕭七道：「本該我們叫他們滾開的！」一句話才說完，連環已經一十七劍！

王無邪被迫退三步，喝叱道一聲，左擊三拳，右拍三掌，搶回三步！

一個鏢師的纓槍立時從旁襲來！

王無邪喝一聲：「大膽！」左袖一拂，刀一樣削在槍桿之上，「刷」地那支纓槍竟然被他的衣袖削斷！

那個鏢師驚呼而退！

王無邪衣袖一捲，將那截斷槍捲起，接一拂，斷槍如箭，飛射向那個鏢師！

蕭七一劍及時劃至，「叮」一聲，將那截斷槍擊下！

王無邪即時身形一縮！

「刷」一聲，雷迅的金刀從頸旁削過！

這一刀當真凶險之極，王無邪卻竟似在意料之中，神色不變，右手突然猛一翻，擊向雷迅的咽喉！

他閃得險，出手更險！

這一拳，雷迅無論如何都閃避不了！

也就在這刹那，蕭七劍又刺至，閃電般刺向王無邪右腕！

他的劍雖然沒有拳快，但在拳擊在雷迅咽喉之後，卻一定可以刺在右腕脈門之上！

這一劍若是刺中，王無邪那隻右手就斷定了。

王無邪當然不肯以這隻手換雷迅的命，他根本就瞧不起雷迅。

他的手要斷，也要斷得有價值，所以，他立即鬆手，中指猛一彈，「叮」

的彈在劍脊上，同時將蕭七的劍勢彈斷，左掌接切向蕭七的右脅！

蕭七一閃避開。

雷迅驚魂甫定，突呼道：「多謝相助！」

蕭七道：「不用謝。」回對王無邪，道：「我們還是到瓦面上再拚一個明白！」

王無邪應道：「好！」雙臂一振，身形「呼」的沖天拔起！

蕭七亦往上拔了起來。

兩人飛鳥般，迅速掠上了滴水飛簷。

雷迅、韓生看在眼內，不由得倒抽了一口冷氣。

一眾鏢師更就是目定口呆。

雷迅忽然道：「他們之間到底是什麼回事？」

韓生道：「聽說蕭七殺了王無邪的兒子。」

雷迅道：「有這件事情？」

韓生道：「江湖上消息已傳聞，應該是事實。」

雷迅道：「這小子好大的膽！」

韓生苦笑道：「本來就大得驚人。」一頓道：「所以我懷疑鳳兒那件事情與他無干，其中只怕就有些誤會。」

雷迅沉默了一會，道：「看見方才那一劍，一會我與他說個明白，再與他拚個死活！」

韓生道：「小弟早就有這個意思。」

雷迅忽然道：「卻不知他是否有命活下來。」

韓生道：「無邪有毒，奪魄勾魂，絕不是尋常可比，看他方才的出手，亦知道毒辣，不過斷腸劍蕭七，聲名也不在無邪之下！」

雷迅道：「我們該怎樣？」

韓生道：「憑我們的武功，只怕非獨幫不了，而且令蕭七分心。」

雷迅道：「不成就袖手旁觀？」

韓生道：「看情形如何再作打算。」

雷迅道：「只有這樣。」刀握得更緊。

銀劍亦蓄勢待發。

◇◇◇◇

王無邪滴水飛簾上「獨立金雞」，衣袂雖迎風飛舞，人卻穩如泰山！

蕭七身形落下，目光一轉，道：「佩服！」

王無邪曲起的一腳放下，道：「何足掛齒！」

蕭七劍虛空連劃兩下，道：「請！」

王無邪身形立即射出，其急如箭，雙拳卻有如流星！

他用的正是一招「流星趕月」！

這本是很普通的一招，但在他使來，威勢卻絕不簡單！

蕭七一些也不敢輕視，劍劃出，迎向擊來的雙拳，嗡嗡龍吟聲響中，劍光如一道道的閃電飛射！

王無邪避劍尖，擊劍脊，再擊蕭七胸膛。

人如奔馬，出手飛快！

蕭七劍勢展開，拳越急，他的劍也越急，才被擊亂，立即又回復本來，招式變化之迅速絕不在王無邪之下！

王無邪連聲大呼：「痛快！」拳掌施展得更加痛快淋漓！

拳如鐵鎚，掌似利刀，指如銳劍，他的一雙手也就是兵器！

而且不止是一種兵器。

兩人之間的瓦片，被激得一片片飛起來，粉碎！

那不過片刻，在兩人之間的瓦面已完全消失！

轟然聲響中，樑木亦突然斷折，兩人一齊往屋內墮下！

一股煙塵從瓦面裂口疾揚了起來，天地那剎那也彷彿為之失色。

長街上眾鏢師只看得目定口呆，雷迅、韓生亦魄動心驚！

雷迅倒抽了一口冷氣，道：「我們現在又應該如何？」

九　司馬東城

——應該如何？

韓生只是苦笑，沒有回答，事實也不知道應該如何才好。

雷迅接又道：「總不成我們就此袖手旁觀——」

語聲未已，霹靂一聲巨響，那邊牆壁突然被火藥炸開一樣，四分五裂，磚石激射，塵土飛揚。

牆壁上就這樣出現了一個大洞，一個人握拳從洞中疾射了出來。

黑衣白髮——王無邪！

韓生、雷迅給那霹靂一聲巨響嚇了一大跳，一眼瞥見王無邪現身出來，不禁齊都由心一涼！

他們當然知道只有王無邪才能擊出這樣的一拳。

那剎那，簡直就有如天崩地裂！

好像這樣的一拳，若是給擊在身上，後果實在不堪設想。

這樣的一拳，當然也費力得很。

王無邪卻擊在牆壁上！

那若說目的在示威，實在難以令人置信，而且現在亦不是示威的時候。

——到底目的何在？

雷迅、韓生方自奇怪，王無邪已向他們這邊掠來。

他滿頭白髮黑衣飛揚，臉龐卻緊繃在一起，那些皺紋也因此特別明顯，每一道像是刀刻的也似，本來就醜惡的臉龐也於是顯得更醜惡，驟看來就像是從幽冥逃出來的惡鬼。

磚石飛揚未落，他瘦長的身子已箭一樣射出了三丈，右手仍握拳，左手卻掩在小腹之上，鮮血正從指縫滲出來。

雷迅首先發覺，脫口大呼道：「老匹夫已經受傷。」

韓生接呼道：「他是要逃命，兒郎們，莫教他走了！」

語聲一落，銀劍「嗡」的震出了一聲龍吟，人劍凌空疾向王無邪射去！

雷迅金刀嗆啷啷一響，亦一旁殺上。

眾鏢師齊聲吆喝，相繼紛紛抖開了兵刃。

◇

王無邪的確在逃命。

在墮進太白樓內之前，他仍然是穩佔上風，凌空七拳十三腳，聲勢奪人！

那十三腳他自信已可以將蕭七的身形迫死，七拳之中，最少有一拳可以擊在蕭七的身上。

他的判斷並沒有錯誤。

十三腳踢盡，蕭七的身形果然就被他迫進了死角，連環六拳落空，第七拳就擊在蕭七的左肩上！

凌空出拳，力道難免打一個折扣，連環七拳，到了第七拳擊出，力道當然又弱了很多，王無邪也知道，這一拳不可能將蕭七擊成重傷，但一定可以將蕭七的身形變化打亂，乘亂而出擊，應該就可以將蕭七擊倒。

他本來可以穩紮穩打，而結果，也一樣可以將蕭七擊倒，事實他的武功的確是在蕭七之上。

這點就是蕭七，相信也不會否認。

可是他一向都喜歡速戰速決，所以他從來都不會放過任何取勝的機會。

凌空飛墮的那剎那正是一個好機會，他把握機會立即出擊。

蕭七左肩挨了一拳，身子立時倒飛了出去，這一拳雖然沒有將他的肩骨打碎，卻已將他肩頭的兩處穴道封住，王無邪的一股內力旋即湧進，直激得他五臟翻騰！

卻就在他被擊得倒飛的那剎那，他探手刺出了一劍。

那一劍迅速之極，角度的刁鑽，變化的奇詭，更就是出人意外。

王無邪同樣想不到，蕭七在那種情形之下仍然能夠還擊，那一劍亦是在他意料之外。

到他的眼角瞥見劍光，發覺不對路的時候，劍已然刺入他的小腹之內。

一陣劇痛尖針一樣刺進了他的神經，然後他整個身子乾蝦一樣弓起，飛瀉落地上。

他已經很多年沒有過這種痛苦的感覺。

近這些年來，他雖然一樣也有機會受傷，但都只是輕微小傷。

與他動手的雖然大都是高手，但是在他被對方擊傷的時候，對方必然同時喪命在他的手下。

他珍惜他的每一滴血，不到必要時，他絕不肯白流血，到了他準備流血的時候，他必然已經做好了準備，有足夠的信心將對方擊倒。

他流血，敵人要還他一條命。

這是他一向做人的原則，他的判斷很少有錯誤。

最低限度這之前沒有。

◇◇

血立即從他的小腹射出來！

劍才刺入他的小腹之內，蕭七便已經被他那一拳打飛，刺入他小腹之內的蕭七那支劍，當然亦立即脫出。

這一劍並不致命，他所有的步驟卻已經被這一劍刺亂。

他實在想不到蕭七竟然能夠在那樣的情形之下，刺出那樣的一劍。

他沒有再衝前，身形未著地，左手已經掩住了小腹。

就因為多年沒有過這樣的痛苦，所以，這種痛苦也特別感覺尖銳，激烈！

對於自己的傷勢，他自然也高估了一些，那刹那心念一轉，他的右拳就擊出！

擊向旁邊的牆壁！

霹靂一聲巨響中，那道牆壁被他擊出了一個大洞，磚石激射，塵土飛揚，他人與拳飛，連隨從那個牆洞飛射出去！

他的一雙拳頭，已練得壁硬如鋼鐵，內心的充沛，江湖上只怕沒有幾個人能夠及得上，磚石在他的拳下碎裂，他的拳頭卻一些也不覺疼痛。

疼痛的只是他的小腹！

他已經有一種斷腸的感覺，可是他卻也知道，這一劍還未致命，但負傷再打下去，勝負卻就難說了。

他並不怕死，卻擔心拚卻一命，也擊殺不了蕭七。

所以他只有逃命！

這在他也是第一次，但雖然第一次逃命，逃得卻絕不比任何人慢。

而且他逃生的方式更勝一籌。

將牆壁擊開的一個大洞，在他來說本就是輕而易舉。

他進來的時候，本就是用內力將牆壁迫出一個人形的牆洞，硬闖進來。

在這道牆壁的外面不遠，就是雷迅、韓生一眾，還有那些馬匹，他記得很清楚，破牆的目的，除了可以盡快逃命之外，也就是在奪馬。

在一拳擊向牆壁之際，他已經有了分寸。

拳動他身形亦動，其急如離弦箭矢。

一射三丈，寒光一閃，一支劍就迎面刺過來，是一支銀劍！

王無邪冷笑一聲，右拳一開一翻，中指彈出，不偏不倚，正彈在劍脊之上。

「叮」一聲，劍被彈得疾揚了起來，他凌空立即起腳，一腳疾踢向韓生咽喉。

這一腳踢出，傷口的肌肉亦被牽動，一陣劇痛直刺入他的神經，他悶哼一聲，那身子不由自主一弓，踢出的一腳亦因此失了準頭。

韓生剎那亦自急忙閃避，「霍」地一聲，王無邪的右腳從他的頸旁踢空。勁風仍撲面生痛。

韓生口鼻俱為勁風所堵塞，幾乎要窒息，身形著地，捏了一把冷汗。

那剎那之間的凶險，實在是他平生第一次遇上。

王無邪身形亦著地，一沾即飛出，向那邊馬群掠去。

雷迅一旁已然撲到，金刀急刺！

王無邪看在眼內，身形一弓，刀在他腳下斬過，他右腳一沉，正踹在雷迅右肩之上。

雷迅悶哼一聲，整個人被踹得一旁飛開，王無邪這時候若再下殺手，不難取雷迅之命。

他卻只是藉力再拔起身子，身形如天馬行去，一跨，正落在一匹馬的鞍上。

左右衝過來的幾個鏢師立即轉向那邊撲過去。

也就在這時候，一聲暴喝劃空傳來：「退下！」眾鏢師給喝得一怔。

王無邪那剎那已策馬飛奔了出去。

那匹馬正是雷迅的坐騎，也是匹千中選一的駿馬，四蹄撒開，迅速遠去。

眾鏢師這時候亦知道喝他們退下的不是別人，是蕭七！

蕭七已經從那個牆洞走出來，右手劍低垂，左手扶著旁邊的牆壁。

他面色蒼白，嘴角掛著一絲鮮血，但神態仍然穩定。

雷迅、韓生不由一齊迎上去，韓生脫口問道：「蕭兄怎樣了？」

蕭七一笑，道：「還好。」

雷迅道：「那廝既然受了傷，我們應該追上去將他拿下。」

蕭七道：「窮寇莫追，況且……」

雷迅道：「我看他一定受傷不輕，所以才急著逃命，難道有這個好機會，焉能錯過？」

蕭七搖道：「我的劍雖然刺入了他的小腹，並沒有將他的腸斷下來，他傷得其實並不重。」

「可是他……」

「他急著逃命，相信只因為他以為自己已傷得很重。」

「怎麼會……」

「他一向自誇無敵，受傷的經驗只怕不多，尤其第一個受傷的就是他，難免就有些驚慌失措，傷勢的輕重，在那種情形之下，當然就難免高估。」

雷迅沉吟道：「看他方才的出手，仍然是那麼靈活，的確是不像已經身受重傷。」

韓生道：「我們若是以為他所傷不輕，難免就有些大意，追上去無疑就等如送死了。」

雷迅一面點頭，一面苦笑道：「若不是大意，方才我那一刀的勢子也不會那麼盡，也不會給他那麼容易一腳踏在肩頭上，幸好他心慌意亂，否則趁機再下毒手，我這條性命可就要完了。」

韓生目光一轉，接道：「蕭兄弟斷腸劍果然厲害，連王無邪也不是對手。」

蕭七搖頭道：「武功是他的高強。」

韓生道：「蕭兄又何須如此謙虛？」

蕭七道：「若非他急於將我擊倒，那一劍根本沒有機會刺入他的小腹。」

他淡笑接道：「他本不該打我那一拳，因為那一拳其實並未夠分寸，他一定要那一拳擊中我的肩膀，勢子就難免走老。」

韓生道：「以他臨敵經驗的豐富，武功的高強，應該看得出。」

蕭七道：「也許是認為那實在無關要緊。」

韓生道：「以我看，他是想不到你能夠刺出那一劍！」

蕭七道：「縱然真的想不到，在我的劍刺出的時候，也應該看得出來。」

韓生道：「可是他仍然被蕭兄那一劍刺中，可見蕭兄劍勢的變化實在大出他意料之外。」

蕭七道：「其實他只是疏忽了一件事情。」

韓生道：「哪一件？」

蕭七道：「一般的長劍都是三尺。」

韓生道：「蕭兄的不是？」

蕭七頷首，道：「我的劍比一般的長出三寸。」

韓生道：「三尺三？」

蕭七道：「刺入他小腹之內的，也就是那三寸的劍尖。」

韓生恍然道：「高手過招，三寸已足以決定勝負！」

蕭七搖頭，道：「這並非真正的勝負，那一劍對他，事實沒有多大影響，他若是繼續出手，仍可將我擊倒。」

韓生並不懷疑蕭七的說話，沉吟道：「無論如何，蕭兄總算已將他擊敗，擊退！」

蕭七道：「他會再來找我的，而且絕不會令我久候。」

韓生沉默了下去。

雷迅道：「那麼再來時候，蕭兄大可以重施故技，再狠狠給他一劍。」

蕭七道：「他再來的時候，必然有一個更妥善的安排，說不定一擊即中，將我擊殺在拳下。」

他淡然一笑，接道：「不過他的出手，也並不是一些破綻也沒有，到時候，我即使不能夠一命換一命，也不會讓他再有能力橫行江湖。」

韓生道：「以蕭兄的武功，王無邪縱使能夠殺死蕭兄，相信亦要付出相當的代價。」

蕭七道：「希望就能夠。」

韓生道：「蕭兄不將生死放在心上？」

蕭七笑笑，道：「生死由命。」

韓生大笑，道：「好！好漢子！」

雷迅面色一沉，接道：「好像蕭兄這樣的好漢子，我實在難以相信會做出那種殺人擄劫的事情來。」

蕭七嘆息道：「我實在不明白，閣下這句話的意思。」

雷迅瞪眼道：「真的不明白？」

蕭七道：「連兩位是什麼人，我也沒有印象。」

雷迅眼瞪得更加大，道：「你不知道我們是什麼人？」

蕭七正色道：「方要請教。」

雷迅道：「我叫做雷迅，這是我義弟韓生。」

蕭七目光一閃，道：「可是鎮遠鏢局的金刀、銀劍？」

雷迅道：「正是！」

蕭七道：「久仰大名……」

雷迅道：「這種場面話，不說也罷。」

蕭七道：「鎮遠鏢局鏢走天下，金刀、銀劍，宵小聞風喪膽，在下確實早有耳聞。」

他說得很誠懇。

雷迅看著他，搖頭道：「可惜閣下卻沒有放在眼內。」

蕭七回問道：「前輩這句話到底什麼意思？」

雷迅冷笑道：「閣下若是放在眼內，又怎會就在洛陽城外劫鏢殺人？」

蕭七詫異的道：「劫鏢殺人？」

雷迅道：「而且還擄去我的女兒。」

「令千金——」

「雷鳳！」

蕭七沉吟問道：「是什麼時候的事情？」

雷迅道：「在閣下進城之前。」

蕭七道：「那是今天中午發生的了？」

雷迅「哦」一聲道：「閣下中午便已經進城？」

一頓冷笑道：「那是先進來打聽消息，好得黃昏時出城下手。」

蕭七嘆了一口氣，道：「我進城之後並沒有離開。」

雷迅追問道：「進來太白樓之前也在城中了？」

蕭七道：「在進來太白樓之前，在樓東月華軒逗留了約莫有半個時辰，那之前，卻是在寶芳齋內。」

雷迅道：「月華軒專賣骨董字畫，至於寶芳齋賣的卻是胭脂水粉。」

他一直緊盯著蕭七，這句話說完，眼中的疑惑之色又濃了幾分。

寶芳齋賣的既然是胭脂水粉，蕭七到那裡幹什麼？

蕭七看出他眼中的疑惑，接著解釋道：「寶芳齋的主人是我童年的好朋友，即使我是到寶芳齋買一些胭脂水粉，也並不值得奇怪，以我所知那裡的顧客，不少是男人。」

韓生點頭，笑笑道：「寶芳齋也沒有限制買的人，一定要自用。」

雷迅的一雙濃眉卻皺了起來。

韓生接道：「蕭兄弟難得來一次洛陽，探探老朋友也是很應該。」

雷迅突然問道：「兄弟，難道你就相信他的話？」

韓生道：「大哥，蕭兄到底有沒有到過月華軒，寶芳齋，是絕對騙不到我們的，正如他什麼時候進來，有沒有離開過一樣。」

雷迅道：「為什麼？」

韓生道：「他實在太惹人注目了。」

雷迅上上下下的打量了蕭七幾遍，脫口道：「不錯。」

一頓又說道：「可是秋菊的話……」

韓生道：「秋菊傷重之下說話難免就有些不大清楚，這件事情以小弟愚見，也許與蕭兄有關，卻未必是蕭兄所做的。」

蕭七忍不住追問道：「到底是什麼事情？」

雷迅道：「我女兒雷鳳在城西古道被人騙去，同行鏢師趙子手盡皆被殺，只有她的侍婢秋菊一個人倖免，逃回來告訴我們。」

蕭七道：「那位秋菊姑娘的武功如何？」

雷迅道：「當然沒有我女兒與那些鏢師的高強！」

蕭七道：「她卻是能夠逃回來？」

雷迅道：「那是因為兩個鏢師拚命掩護她逃走，饒是如此，她的脖子亦挨了一下，險些喪命！」

蕭七再問道：「她看見我殺人？」

雷迅一怔道：「這個好像沒有。」

韓生接道：「事實沒有，從她的話聽來，應該是你先著人送信鳳兒，將她騙去，然後再下手殺人！」

蕭七搖頭道：「我今天沒有寫過任何信，」目注雷迅接問道：「至於令千金，若是我沒有記錯，年前是見過一面，談過幾句話，那是一個朋友介紹認識的，當時令千金也是在保著一趟鏢，大家都忙著趕路，之後沒有再遇上，我們之間也沒有任何仇怨。」

雷迅沉吟不語。

蕭七轉問道：「是了，那位秋菊姑娘可知道——令千金給騙到什麼地方去？」

雷迅道：「城外的天龍古剎！」

蕭七道：「前輩已到過那裡，找不到令千金？」

雷迅道：「沒有。」

韓生道：「我們方待動身出城去，聽說你就在那裡，所以先來問你一個明白。」

蕭七斬釘截鐵的道：「這件事不是我做的，為了證明我的清白，由現在開始，我與你們一起，一直找到雷姑娘為止。」

雷迅道：「好，有你這些話就夠了，由現在開始，你可以趕你的路！」

蕭七搖頭，道：「前輩雖然相信，在下卻是不能就此離開。」

他沉聲接道：「在下也想弄清楚，到底是哪一個借用在下的姓名，為善倒罷了，為惡在下非獨就在乎，而且一定要窮追究竟。」

韓生道：「但蕭兄若是有事……」

蕭七道：「沒有事，我留在洛陽，只是想一會多年不見的幾個好朋友。」

韓生道：「像是寶芳齋的主人……」

「是其中之一。」

「蕭兄在洛陽的朋友倒不少。」

「也不多。」

韓生道：「再交幾個如何？」

蕭七笑顧韓生、雷迅還有那些鏢師道：「我們豈非已經是朋友？」隨即解釋道：「膽敢與我合戰王無邪的人就只有你們，如果像你們這樣的好漢子也不結交，還結交什麼人？」

這番話出口，非獨韓生、雷迅，就是那一眾鏢師，亦無不熱血沸騰。

蕭七接道：「王無邪此人據說心胸非常狹隘，大家以後要小心了。」

韓生目光轉落在被王無邪擊殺的那幾個鏢師的屍體之上，道：「他就是要罷休，我們也不會就此放過他！」

蕭七道：「不管怎樣，我們現在都得走一趟城西天龍古剎看看。」

雷迅道：「我正是這個意思。」

旁邊韓生接呼道：「董武、周龍將死了的弟兄送回鏢局去，其他的跟我們來。」

目光再一轉，道：「至於太白樓的一切損失，也算在鎮遠局賬上，蕭兄你無須操心。」

蕭七道：「韓兄也一樣無須操心。」

韓生道：「若非我們到來，蕭兄也不用跟王無邪在瓦面上交手……」

蕭七道：「這個若是要賠償，應該由王無邪賠償。」

韓生苦笑，暗忖：「什麼時候才能夠將王無邪找回來？」

蕭七彷彿看到韓生的心深處，解釋道：「王無邪既然走了，當然就得由我來負責，幸好這塌掉的屋子恰好是我的老朋友的。」

韓生「哦」一聲。

蕭七道：「我到來這裡喝酒，原就是他約了我在這裡見面，若不是這樣，王無邪也不會在這裡跟我動手，所以雖然弄塌了他這幢房子，我也不覺得怎樣子過意不去。」

韓生苦笑道：「希望你那個朋友不會在乎。」

蕭七道：「他不會在乎的，反正他錢多得花不完，房子多得是，而且他這個人一向都闊氣得很。」

雷迅插口道：「聽蕭兄這樣說，這個人想必也是一個了不起的英雄好漢，什麼時候方便，倒要給我們引見一下。」

蕭七道：「有機會的，近年來，聽說他已經處於半退隱的狀態，但以我所知，一向他都喜歡結交江湖上的英雄豪傑。」

韓生忍不住問道：「蕭兄這個好朋友，到底高姓大名？」

蕭七道：「他雙姓司馬……」

韓生脫口道：「莫不是司馬東城？」

蕭七道：「正是，韓兄認識他？」

韓生搖頭道：「不認識，但很想認識，可惜一直都沒有機會。」

雷迅道：「說來奇怪，我們雖然都住在洛陽，卻是從來沒有見過面。」

韓生道：「我亦是只知道這個人儀表出眾，武功非凡，洛陽一帶沒有人是他的對手。」

雷迅道：「還有，就是洛陽城東內外百里都是他的產業，也所以叫做司馬東城！」

蕭七道：「事實是這樣。」

韓生道：「他本來到底叫做司馬什麼？」

蕭七道：「不知道，我認識他的時候，他就是叫做司馬東城。」

韓生道：「這個人倒也有趣。」

蕭七笑笑點頭，道：「嗯。」

韓生隨即奇怪問道：「何以他不請蕭兄到他的家裡相見？」

蕭七道：「因為他認為洛陽最好的酒菜只能在太白樓吃到。」

韓生道：「這可是他的店子，他其實盡可以將太白樓的廚子請到家裡去。」

蕭七道：「那麼別人豈非就嚐不到洛陽最好的酒菜了。」

韓生道：「這也是他本人的意思？」

蕭七點頭。

雷迅大笑道：「看來這個人比我們任何一個人都要四海，非要跟他交一個朋友不可。」

蕭七回顧一眼，笑接道：「但現在他大可以將太白樓的廚子叫回家去了。」

韓生道：「因為這座太白樓怎也有一段時間不能夠再招呼客人。」

蕭七道：「所以我其實是幫了他很大的忙，那段時間之內，他就算要立即吃到洛陽最好的酒菜也絕對可以了。」

韓生急問道：「現在他就在樓中？」

蕭七道：「若在樓中，怎會眼巴巴看著我一個人挨揍？」

韓生道：「這個也是。」

麗。

蕭七道：「這個人沒有什麼不好，就是無論什麼約會，一定遲到。」

話口未完，一輛馬車已經從長街那邊馳來，是一輛四馬大馬車，裝飾華麗。

蕭七目光一轉，道：「總算來了。」

韓生循目望過去，道：「那就是他的馬車？」

蕭七道：「每一次，他都是乘這輛馬車到來，這一次相信也不會例外。」

說話間，馬車已停在太白樓的門前，駕車的是一個錦衣中年漢子，看見太白樓變成那樣子，瞠目結舌，驚訝之極。

蕭七即時呼道：「老李。」

老李就是那個中年漢子，應聲向這邊望過來，又是一怔，道：「蕭公子，怎麼在這裡？」

車廂內一個聲音接問：「小蕭到底在哪裡？」

溫柔已極的聲音，竟好像是女人的聲音。

老李未回答，蕭七已自應道：「在街上。」

那個聲音道：「怎麼不進去，哦——我明白了，敢情是現在才到來，小蕭呀小蕭，你不是一向都很準時的，什麼時候變得這樣了？」

蕭七笑道：「現在。」

那個聲音道：「是路上有事？」

「不是。」

「那是什麼原因？」

「大概因為是來赴你的約。」

車廂內響起了一陣銀鈴也似的笑聲，這無論如何，都是女人的笑聲。

——司馬東城可是一個男人！

雷迅、韓生相顧一眼，一面疑惑之色，那些鏢師也無一例外。

那個聲音笑接道：「難道這一次你竟然是有意要我等你？」

蕭七道：「那麼多次都是我等你，這一次該你等我了。」

銀鈴也似的笑聲又起，笑應道：「你等我本就是天公地道的一回事。」

蕭七道：「哦？」

那個聲音接道：「你無論問哪一個，都是同意我的話。」

雷迅忍不住道：「我就不同意了。」

那個聲音奇怪道：「小蕭，你還有朋友同來？」

蕭七道：「好些朋友，都是方才認識的。」

那個聲音道：「你一向朋友不多，認識的縱然武功不高，卻也必然都是好漢子。」

一頓笑接道：「洛陽城中什麼時候走來了這麼多好漢子？」

蕭七道：「他們本來就住在洛陽城中。」

那個聲音道：「哦！」

蕭七道：「你既然來了，何不下車見一見這些朋友？」

那個聲音道：「我本就準備下車了。」接喚道：「老李——」

老李已經躍下車座，走到車廂後面，將梯子放下來。

他的動作很迅速，車廂內的司馬東城卻遲遲不見下車。

雷迅等了等，忍不住重重的咳一聲。

車廂後面的門戶這時候才打開，走出來一個年輕美貌的小丫環。

雷迅、韓生又是一怔。

——這個司馬東城倒是風流得很。

動念未已，又一個人走下來，也是女人。

那個女人風華絕代，衣飾華麗，但是每一樣顯然都經過仔細選擇，配合得恰到好處，一些也不覺俗氣。

她一臉笑容，年紀看來並不大，但又像已經很大。

韓生、雷迅眼前一亮，齊忖道：「這個是誰？莫非是司馬東城的寵妾？」

那個女人旋即笑顧蕭七，道：「小蕭，你看我這一身打扮怎樣？」

這顯然就是方才在車廂內說話的聲音。

韓生、雷迅怔在那裡。

蕭七卻一點也不顯得意外，笑應道：「這方面我沒有多大研究，但大姐的善於裝束，卻是天下知名。」

那個女人道：「怎麼你每次都是這樣回答？」

蕭七道：「因為大姐每次都是這樣問。」

那個女人道：「我的善於打扮知道的人並不多，又什麼時候變得天下有名？」

蕭七道：「可惜除了這句話，我實在想不出更好的了。」

那個女人已一笑，道：「你的口才其實並不好。」

蕭七道：「本來就不好。」

「幸好你有一張那麼英俊的臉龐，否則只怕很難有女孩子迷上你。」那個女人笑接道：「看來上天倒也是公平得很，否則再添你一副油腔滑嘴，那還得了。」

蕭七道：「我的口才的確是不好，所以現在這件事情，也不知應該怎樣向大姐解釋。」

那個女人道：「是什麼事情？」

蕭七道：「大姐只要上前兩步就看到了。」

那個女人終於走上前兩步，也終於看見了地上的屍體，太白樓倒塌的瓦面的牆壁！

她怔在那裡。

蕭七居然還笑得出來，道：「我若是知道會變成這樣子，一定著人通知大姐用不著穿得太漂亮出來。」

那個女人莞爾道：「是你弄成這樣的？」

蕭七沒有否認，道：「罪魁禍首。」

那個女人道：「你居然還笑得出來，就連我也有些佩服了。」

蕭七仍在笑。

一旁雷迅再也忍不住低聲問道：「蕭兄，這個女人到底是什麼人？」

蕭七奇怪道：「你們不知道？」

韓生追問：「到底是什麼人？」

蕭七道：「不就是司馬東城？」

韓生、雷迅又一怔，雷迅脫口道：「司馬東城是一個男人！」

那個女人也聽到了，笑問道：「誰告訴你的？」

蕭七笑接道：「看來非獨你們沒有見過我這位大姐，就是你們那些朋友也一樣也沒有見過。」

韓生苦笑道：「應該就是了。」

雷迅接問司馬東城道：「你真的就是那個司馬東城？」

「哪個？」司馬東城嬌笑道：「難道司馬東城有很多個？」

雷迅道：「以我所知就只得一個——但無論如何，司馬東城也是一個男性化的名字。」

蕭七道：「所以你們一直以為司馬東城是一個男人？」

雷迅苦笑道：「這實在令人意外得很。」

司馬東城接道：「這個名字的確是有些男性化，我本來也不是叫這個名字，但既然人人都是以司馬東城稱呼，也就算了。」

雷迅只有苦笑，韓生亦自苦笑，道：「看來我們還是稱呼司馬姑娘的好。」

司馬東城轉問蕭七道：「小蕭呢？」

蕭七道：「我不是一直都稱呼你大姐。」

司馬東城道：「很好，你心目中既然還有我這個大姐，就得給我一個滿意的回答。」

韓生插口道：「這幅牆可不是蕭兄弄塌的。」

司馬東城道：「他以劍見長，內力雖然也不差，但要將這幅牆打塌，仍然力有未逮，而且他就算有這個能力，也不會用在我店子的牆壁上。」

蕭七道：「我雖然沒有能力擊塌牆壁，但將店子的瓦面弄穿，卻是輕而易舉的事情。」

司馬東城道：「瓦面是你弄穿的？」

蕭七道：「是我！」

司馬東城道：「那你當時一定就給迫得走投無路了，是誰有這種本領？」

一頓轉問道：「是不是——王無邪？」

蕭七一怔，道：「大姐已知道這個人到來？」

司馬東城道：「他才進洛陽，我就知道了。」

蕭七道：「大姐的消息這麼靈通！」

司馬東城道：「因為他是由東城進來洛陽。」

「東城是大姐的地方。」

司馬東城道：「聽說你殺了他的獨子？」

「是事實。」

「他這一次進城我也想到是找你來了，想不到他來得這麼快，否則我該著人給你說一聲。」

「這個人的消息也可算靈通得很，我在樓中才喝了幾杯，他就找來了。」

「你不是說方才到來？」

「大姐的約會，我什麼時候不準時前去的。」

「你是說我每一次都遲來？」

「不敢。」

「你知道的，我們女人家要赴會，總得有許多預備的工夫。」

「大姐說過多次了。」

「而且男人等女人，本就是天地公道的一回事，是不是？」

「好像是的。」

司馬東城瞟著他，笑道：「也幸好我沒有準時赴約，否則嚇都給嚇壞了。」

蕭七道：「大姐的膽子真的那麼小？」

司馬東城道：「假的。」

蕭七笑問道：「大姐，這個賬你說該怎樣算？」

司馬東城道：「你說呢？」

蕭七道：「就這樣算了。」

司馬東城道：「——你是我的好兄弟，當然就這樣算了，難道還要你賠我不成。」

蕭七笑道：「我早就說大姐闊氣得很。」

司馬東城道：「幸好我們見面的機會實在不多。」

蕭七道：「大姐放心，你這個兄弟雖然麻煩得很，好像王無邪那麼厲害的仇家卻只得一個。」

「一個還不夠？」

「夠了。」

「他死在你的劍下了？」

「小弟還沒有這個本領，但總算趁他一時大意，在他的小腹刺了一劍。」

「沒有將他的腸割斷？」

「只是將他嚇跑了。」

「他打塌那幅牆壁就是要逃命。」

「不錯。」

「看來他傷得其實不重，大概是很久已沒有受過傷，所以一見血，就慌起來了。」

「幸好這樣。」

「你挨了他多少拳？」

「一拳。」

「重不重！」司馬東城移步走前去。

「不重，否則怎能夠這樣跟大姐說話？」

「你這個人的運氣看來真還不錯。」她緩緩舉袖，拭卻了蕭七嘴角的血。

她的動作是那麼自然，就像是姐姐愛惜弟弟一樣。

蕭七也沒有迴避。

雷迅、韓生看在眼內，也不覺得怎樣。

司馬東城一面道：「能夠將王無邪嚇走的人並不多，有你這樣的兄弟，姐姐也高興得很。」

蕭七道：「這實在有些僥倖。」

司馬東城忽然道：「王無邪應該不是一個貪生畏死的人，這一次，相信是將你高估，也知道一時大意，又不知道到底傷成了怎樣，只怕拚卻一命，也不能夠將你殺死，所以暫且退避。」

她笑笑接道：「這個人武功高強，臨敵的經驗必定也很豐富，但受傷的經驗，相信必定少得可憐。」

「毫無疑問。」

「所以他這樣逃走，兄弟，你也不要太高興。」司馬東城正色道：「這只是表示，他的武功比你們想像的還要高強。」

蕭七道：「嗯。」

「他會再來的。」

「一定會。」

「由現在開始，兄弟你得小心了。」

「生死由命。」

「又是這句話。」司馬東城搖頭，轉顧雷迅、韓生他們道：「你這些朋友就是看不過眼，上前去助你？」

韓生插口道：「我們本是來找這位兄弟算算賬，剛巧碰上他們在惡戰，言語間開罪了王無邪，才會弄成這樣子。」

司馬東城奇怪道：「哦？」轉問蕭七：「這到底又是怎麼一回事？」

蕭七苦笑道：「小弟現在也不大清楚。」

司馬東城道：「方才你不是說他們是你的朋友？」

蕭七道：「他們雖然來找我算賬，但結果卻暫時拋下私人的恩怨，與我合戰王無邪，像這種血性漢子也不交朋友，交哪種人做朋友？」

司馬東城道：「這個也不錯。」目光轉落在雷迅的金刀、韓生的銀劍上，道：「金刀銀劍，兩位莫不是鎮遠鏢局的金刀雷大爺，銀劍韓二爺？」

雷迅慌忙道：「姑娘言重了。」

韓生接道：「想不到姑娘也知道我們兄弟。」

司馬東城道：「兩位本是洛陽有名的好漢子，只可惜，一直都沒有機會結交。」

韓生道：「姑娘的名字我們兄弟亦是早已如雷貫耳了。」

雷迅接道：「卻是怎也想不到……」

「想不到我是一個女人。」

雷迅道：「相信很多人都想不到。」

司馬東城笑笑道：「這只怕並不是名字的關係，也許我一向的行事作風太過男人化，看來我得好好檢討一下了。」

韓生道：「姑娘一向的行事作風無人不說好。」

司馬東城道：「好雖好，但這麼一來，人們都當我是一個男人，教我如何嫁得出去？」

韓生怔住，雷迅只有乾笑。

蕭七道：「大姐又在說笑了，誰不知大姐所以不嫁，是因為一直都沒有人瞧得上眼。」

司馬東城道：「再過些時候，大姐就是瞧得上，也沒有人願意要的了。」

蕭七搖頭道：「怎麼會？」

司馬東城嘆了一口氣，道：「兄弟你難道沒有發覺，大姐已日漸老了？」

蕭七知道這是事實，卻仍然搖頭，方待說什麼，司馬東城話已接上，道：「你們好像要去什麼地方？」

蕭七點頭道：「大姐若是沒有事，無妨也隨我們走一趟。」

司馬東城道：「好的，反正現在我也不知道該請你到哪間店子去。」

一頓接道：「路上你們再與我說清楚。」

她伸手扶著那個小丫環的肩膀，一面向馬車走去，一面問道：「小蕭，事情若是重要，就不要再耽擱了。」

蕭七心頭一凜，身形一動，掠上坐騎。

他那匹坐騎就繫在樓前的欄杆上。

韓生、雷迅連忙亦上馬。

司馬東城上了馬車，推開窗子，問道：「該往哪邊走。」

韓生應道：「城西！」一勒馬頭，第一個策馬向西奔出。

蕭七、雷迅雙騎並上，緊跟在後面，老李同時揮鞭驅車前行。

車馬聲中，塵土飛揚，一行人疾奔往城西。

◇

夜更深。

天上有月，冷月。

在冷月照耀之下，道路已可辨，再加上一眾鏢師手中的燈籠，雖然是夜深，對眾人並無多大影響。

車馬聲在僻靜的古道之上，更顯得響亮。

車馬未出城，雷迅、韓生已一再將事情說清楚。

他們知道的其實不多。

事情到底在城西古道之上哪裡發生，他們也同樣不清楚。

一行人，只有沿著古道一直找前去。

他們終於找到了楓林旁邊那座茶寮，看到了倒在路上的屍體。

蝙蝠並沒有將屍體埋藏。

也許他認為根本沒有這個需要。

◇◇◇◇

茶寮倒塌，碎裂的茅草在風中顫抖。

夜風蕭索，吹過林梢，枝葉簌簌作響，林中偶然幾聲夜梟，令人毛骨悚然。

風中帶著濃重的血腥氣味。

地上的鮮血卻已乾透。

那些馬仍然繫在原地，不耐的踢著腳，「希聿聿」突然一聲馬嘶，動魄驚心。

眾人都呆住，連坐騎也彷彿被影響，呆立在那裡。

車廂內打開，司馬東城飄然躍下來，她移步上前，目光及處，嘆了一口氣，道：「好狠的手段。」

蕭七刷地滾鞍下馬，走到一具屍體的前面，蹲下來。

韓生在蕭七身旁落下，道：「這是我們鏢局的得力鏢師——陶九城！」

雷迅一面下馬，一面接道：「他用一雙日月鉤，左右雙飛，不是尋常可比。」

韓生苦笑。

雷迅亦知道話有問題，嘆息道：「殺他的那個人，武功當然遠在他之上。」

司馬東城橫移一步，半蹲下身子，伸手挑開了陶九城的衣襟，接道：「燈來！」

一個鏢師將燈籠移近。

慘白的燈光下，傷口附近的肌肉更有如死魚肉一樣，司馬東城即時道：「是刀傷！」

蕭七道：「那柄刀而且必定非常鋒利。」

韓生目注雷迅，皺眉道：「這附近用刀的高手除了大哥之外，還有什麼人？」

雷迅苦笑，道：「你大哥又算是什麼高手。」

司馬東城卻道：「用刀的人雖然很多，但練到雷英雄那個地步的卻絕無僅有。」

蕭七道：「也許不是這附近的人。」

「也許，」司馬東城目光一轉，道：「看看其他屍體。」

蕭七長身而起，從一個鏢師的手中取過燈籠，向前走去。

司馬東城隨在他身旁。

雷迅、韓生也跟了上來。

兩人的面色越來越難看。

◇

「這是張半湖，用一把大環刀，武功尤在陶九城之上，是他們之中，武功最好的一個。」

雷迅看見張半湖的屍體，不禁咬牙切齒。

司馬東城目光一落，道：「兩刀畢命！」

韓生握拳道：「那個人好厲害的刀法，好狠的心腸。」

蕭七道：「對於他們的武功，兩位當然瞭如指掌了。」

韓生道：「嗯。」

蕭七道：「這樣說，能夠這樣輕易將他們斬殺刀下的人，只怕不多。」

韓生無言點頭。

蕭七道：「刀傷一樣，那若非握著一樣的刀，武功相若，殺他們，只怕就是一個人。」

司馬東城道：「應該就是了。」

她半身一轉，道：「那座倒塌的茶寮之下，好像也壓著屍體，你們將它弄走看一看。」

韓生、雷迅不由自主，疾奔了過去，暴喝聲中，將那座茶寮的寮頂推開，擲過一旁。

茶寮下屍體橫七豎八，鮮血斑駁，雷迅、韓生雖然是老江湖，亦不禁由心寒出來。

雷迅目眥迸裂，沉聲道：「我與那廝勢不兩立。」

韓生沒有作聲。

司馬東城以袖掩口，扶著蕭七的肩膀，繞著那些屍體走了一個圈。

在每一具屍體的前面，她都停下來，細意打量了一遍。

蕭七也一樣。

到他們回到原處，司馬東城偏過臉，道：「小蕭，你發現什麼？」

蕭七道：「他們都死在刀下，而且都是一刀致命！」

司馬東城道：「殺他們的人絕無疑問，是一個高手中的高手，刀刀致命，毫不含糊，像這樣的用刀好手，非獨這附近沒有，江湖上只怕也沒有幾個。」

十 驚悚

夜更深，風更急，刀一樣刮面生寒。

司馬東城不覺以手加頰，接道：「小蕭，有一件事情不知道你有沒有留意到？」

蕭七道：「是不是殺人的那柄刀？」

司馬東城接問道：「那柄刀怎樣？」

蕭七道：「從傷口看來，刀身比較一般的薄很多，而且非常彎。」

司馬東城道：「不錯——說下去。」

蕭七道：「說到鋒利這方面，毫無疑問也是在一般之上。」

司馬東城道：「換句話，這毫無疑問，是一柄寶刀！」

她輕嘆了一口氣，接道：「江湖上有名的寶刀以我所知一共有十九柄，其中過半都是利而薄，我們若是從這方面著手調查，也許會有些收穫。」

蕭七接說道：「只怕不容易。」

司馬東城道：「當然了，這些刀的主人無一不是高手之中的高手。」

蕭七道：「而且脾氣都非常怪異，一個不討好，人頭便落地。」

司馬東城笑笑道：「這其實也不能夠完全怪他們，任何人得到了一柄寶刀，脾氣都難免變得怪一些。」

蕭七道：「因為任何人都得提防，日久難免就變得多疑易怒。」

司馬東城道：「其實並不是每一個找到去的朋友都是覬覦那一柄寶刀，就是他本人，亦不是一刀在手，就能夠無敵天下。」

蕭七道：「可不是。」

司馬東城道：「奇怪的就是，想得通這個道理的人竟是那麼少。」

蕭七道：「也所以，才會有那麼多人不惜千方百計，要弄一柄好的刀，好的劍在手。」

司馬東城道：「那你得小心的了。」

蕭七詫異的道：「小心什麼？」

司馬東城道：「你那柄斷腸劍，豈非也是一柄寶劍？」

蕭七道：「卻是到現在仍然沒有人動我這柄劍的主意。」

司馬東城笑道：「那大概是他們都明白，雖然有斷腸劍在手，不懂斷腸劍法，也是沒有用。」

蕭七道：「果真如此，我更非小心不可。」

司馬東城道：「你是擔心他們動你的主意？」

蕭七道：「嗯。」

司馬東城嬌笑道：「你就是不懂斷腸劍術，沒有斷腸劍在手，他們也會打你的主意——好像你這樣英俊的男人本來就不多。」

蕭七道：「大姐又取笑我了。」

司馬東城道：「我說的可是事實。」

蕭七嘆了一口氣。

司馬東城道：「你也無須嘆氣，這不是一件壞事。」

蕭七轉回話題，道：「大姐，以你看，我們是否真的可以從那方面著手調查？」

司馬東城道：「沒有這個必要。」

雷迅一旁插口道：「兩位有麻煩，雷某人可不怕。」

司馬東城道：「這不是怕不怕麻煩的問題。」

雷迅插口道：「姑娘方才不是說，從那方面著手，也許會有收穫。」

司馬東城道：「現在我已經想清楚，那些用刀的好手與這件事情應該都沒有關係。」

雷迅一怔，道：「應該？姑娘憑什麼說得這樣肯定？」

司馬東城道：「他們現在的情形，多少我都知道一些，有幾個已經死亡，仍然在世的，不是住得太遠，就是以俠義名重出江湖。」

一頓又接道：「在生的這些用刀好手，住得最近的一個，離開這裡也有數百里。」

她轉顧蕭七道：「與其從這方面著手，倒不如從動機那方面找線索。」

「動機？」蕭七沉吟起來。

司馬東城道：「這看來雖然是瘋子的所為，但瘋子又怎會有這麼縝密，這麼困難的計劃，那既然不是瘋子，當然就該有動機。」

蕭七道：「大姐以為動機何在？」

司馬東城道：「我原以為動機在嫁禍於你，但細心一想，這個可能，並不大。」

蕭七道：「又何以見得？」

司馬東城道：「像你這樣的人，無論走到什麼地方都一樣惹人注目，這件事若非你的所為，你要證明自己當時並非在兇殺現場，實在很容易，而且對方也應該知道——」

語聲一頓，目注雷迅、韓生道：「雷韓兩位英雄並非不明事理的人。」

雷迅聽說不由老臉一紅，韓生咳一聲，接道：「最重要的是，憑我們兩人，絕非蕭兄的對手，他沒有理由找我們來對付蕭兄。」

司馬東城道：「所以這件事，與小蕭應該沒有關係。」

雷迅道：「蕭兄給小女的那封信……」

司馬東城道：「當然是假的了，目的不外將令千金引到天龍古剎去。」

雷迅皺眉道：「我可是從未聽說過小女與蕭兄是好朋友。」

蕭七插口道：「令千金與我只是一面之緣。」

司馬東城道：「一面已經足夠了。」

蕭七一怔道：「大姐這句話……」

司馬東城道：「見過你一面的女孩子只怕很難將你忘記，若是已經見過你一面，接到你的信，不赴約的女孩子，只怕百中無一。」

蕭七無言。

司馬東城轉顧雷迅道：「令千金只怕也不例外。」

雷迅亦沒有作聲。

司馬東城目光又落在那些屍體之上，道：「以這個殺人兇手的武功，在擊殺眾人之後，才對付令千金應該是輕而易舉的事情，他卻是寧願先將令千金誘離這個地方，可見得他實在不想令千金受到任何的傷害。」

雷迅道：「這是說，那厮殺人的動機完全是在小女的了。」

司馬東城道：「應該就是。」

雷迅道：「為什麼？」

司馬東城笑笑道：「這要問那個人了。」

雷迅苦笑。

韓生這時候忽然插口道：「這附近也有一個用刀好手。」

雷迅脫口追問道：「誰？」

韓生道：「大哥應該記得的。」

雷迅一怔，失聲道：「蝙蝠！」

一頓接問道：「你是說蝙蝠？」

韓生點頭，蕭七卻問道：「哪一個蝙蝠？」

這句話出口，他就像想起了什麼似的，詫聲道：「是不是那一個無翼蝙蝠？」

韓生道：「江湖上也只有那一個蝙蝠。」

蕭七道：「聽說他是一個用刀的好手，所用蝙蝠刀是件鋒利無匹的寶刀。」

韓生道：「蝙蝠刀削鐵如泥，薄而利！」

蕭七道：「這豈非……」

韓生道：「正就是兩位所說的那種人，只可惜……」

司馬東城替他接下去，道：「這個無翼蝙蝠已經不存在。」

蕭七道：「已經死了？」

韓生道：「已死了多年。」

雷迅接說道：「是死於江南八大高手圍攻之下，那一戰，八大高手七人喪命，只剩下一個司馬中原。」

司馬東城道：「也就是家父。」

雷迅、韓生齊皆一怔，韓生連忙道：「失敬。」

司馬東城淡然一笑，道：「那一戰家父也受了很重的傷，半年不到，便自病歿。」

蕭七道：「那無翼蝙蝠果真如此厲害？」

司馬東城頷首道：「當時江湖中人聞名色變，合江南八大高手之力，尚落得如此收場，也就可想得知了。」

蕭七道：「聽說那無翼蝙蝠好色如命，當時不少女孩子為他誘拐擄劫，不知所蹤。」

司馬東城道：「這也是事實。」

雷迅以手加額，道：「幸好他已經死在江南八大高手的圍攻之下，否則，現在可教我擔心了。」

韓生嘆息道：「小弟也就是因為發覺這件事情甚似蝙蝠當年的作為，才會想起這個人。」

司馬東城道：「方才我也曾想起這個人，就因為知道絕對沒有可能是這個人的所為，才沒有提出來。」

雷迅道：「因為這個人已經死亡，他生為惡人，死亦難免成惡鬼，但既已為鬼，縱然再凶，也絕不可能會在光天化日之下，做出這種事情來。」

韓生詫異道：「大哥也相信鬼神之說。」

雷迅搖頭道：「不相信。」反問道：「除了無翼蝙蝠你還想到什麼人？」

韓生苦笑道：「沒有了。」

雷迅長嘆一聲，道：「我倒希望這件事是無翼蝙蝠的所為，那麼鳳兒也還有一線生機。」

司馬東城道：「就是與無翼無關了，令千金目前應該仍然是安全的。」

韓生道：「不錯，那廝若是要傷害鳳兒，乾脆在這裡下手就是，那用得著將鳳兒騙去天龍古刹？」

司馬東城目光一閃道：「我們現在該走一趟天龍古刹了。」

韓生道：「天龍古刹就在楓林的出口，片刻可到！」「刷」地翻身躍上了馬鞍。

雷迅更就是迫不及待，上馬開鞭，往前疾奔了出去。

司馬東城即時身體一晃，亦掠進了車廂。

也不用她的吩咐，馬車已向前駛出去。

蕭七連忙亦躍上坐騎。

車馬聲又刷破靜寂的長空。

◇◇◇

夜風蕭蕭，眾人的心頭更加蕭索。

雖則是夜深，看不見兩旁的楓紅，但他們仍然感覺到那股秋深的蕭索。

車馬沒有多久就已出了古道。

蕭七雖然到過洛陽多次，對於城外的環境並不熟悉，所以一路上都是緊跟於雷迅、韓生兩人的後面。

雷迅、韓生雖已多年沒有走鏢，但洛陽一帶的情形卻還記得很清楚。

天龍古剎當然亦不會凌空飛去。

◇

月光照耀下，天龍古剎更顯得陰森。

雷迅在古剎之前勒住坐騎，皺眉道：「怎麼破爛成這樣子？」

蕭七一面勒住韁繩，一面問道：「這就是天龍古剎？」

雷迅點頭道：「也只有這一座天龍古剎。」轉對韓生道：「二弟，上次我們經過的時候，這座古剎豈非仍然是很好的？」

韓生苦笑道：「大哥大概忘記了我們最後一次經過這裡是多年之前的事

情。」

雷迅思索著道：「五六年也有了，日子過得真快。」

他不由嘆了一口氣。

韓生道：「像這種長年失修的古刹本就隨時都會倒塌的。」

說話間，司馬東城已經走下車來，一面走上前，一面道：「你們呆在這裡幹什麼？」

雷迅應聲刷地翻身下馬，皺眉道：「看來我真的已經老了，也所以才會有這許多感觸。」

他說著大踏步往古刹內走進去。

韓生只恐有失，忙下馬跟上去，左右四個鏢師手掌燈籠，亦有上前。

司馬東城手扶著蕭七的肩膀，道：「小蕭，我們也進去。」

蕭七點頭，道：「小心腳下！」

司馬東城失笑道：「你當我是六七十歲的老太婆了。」

蕭七道：「刹內野草叢生，一個不小心，就會給刺傷。」

司馬東城嬌笑道：「到底是我的好兄弟，沒有拿蛇來嚇我。」

話口未完，前面雷迅忽一聲暴喝：「草叢中有蛇，小心！」

一條長長的花蛇旋即被他一腳挑上半天，他腰掛金刀同時出鞘。

刀光一閃，那一條蛇斬成兩截，左右激飛開去。

司馬東城看在眼內，嚶嚀一聲，半身縮入蕭七懷中。

蕭七還是第一次與司馬東城這麼接近，他感覺到司馬東城肉體的豐滿柔軟，亦嗅到一陣如蘭似麝的體香。

那剎那，他不由自主心神一蕩。

他認識司馬東城多年，還是第一次有這樣的感覺。

多年來，他對司馬東城就只有一分敬重，一分姊弟，兄弟一樣的感情。

甚至可以說，他一直都沒有將司馬東城當做一個女人。

現在他簡直就有一種——司馬東城原來是一個女人的感覺。

這種感覺而且是那麼強烈。

他既覺得奇怪，也覺得有些恐懼，一定心神道：「真的有蛇藏在草叢中。」

司馬東城嘆息道：「那你得小心保護我了。」

她偎著蕭七繼續前行。

蕭七心神這時候已經完全平靜下來，左手扶著司馬東城的肩膀，右手按劍，傾耳細聽，緩步前行。

風吹草動，「瑟索」作響，寒人心魄。

蕭七已感覺到司馬東城的身子在顫抖，輕聲問道：「大姐，你不若留在寺外。」

司馬東城道：「你以為大姐害怕？」

蕭七還未回答，司馬東城話已經接上，道：「有你在一旁，大姐又怎會害怕？」

她挨得蕭七更緊。

像這樣的話，蕭七已不是第一次聽她說，卻只有這一次心頭怦然震動。

這一次她的語聲中彷彿已多了什麼。

她接道：「在你身旁最低限度還有一些安全感，若是留在寺外，只有更恐懼。」

語聲甫發，前面「噗噗噗」的連聲異響，幾團黑黝黝的東西從草叢中飛了起來。

雷迅暴喝一聲，金刀劈出，「吱」一聲，一團東西被刀劈成兩片。

司馬東城入耳驚心，顫抖著問道：「那又是什麼東西？」

雷迅道：「蝙蝠！」語聲竟然也起了顫抖。

韓生接道：「好大隻的蝙蝠，有生以來，我還是第一次見到。」

他的劍亦已出鞘，那剎那已經刺出一劍。

那一劍正好從一隻蝙蝠當中刺過，那隻蝙蝠卻仍然在撲翼。

血順著劍鋒滴下。

韓生語聲一落，銀劍一抖，「嗡」一聲，那隻蝙蝠曳著血珠脫出劍鋒，疾飛了出去。

他嘆息接道：「若不是那無翼蝙蝠已死亡，我簡直就肯定是他的所為了。」

雷迅格格大笑道：「荒野古寺，有蝙蝠出現，又何足為奇？」

韓生道：「這也是。」

兩人刀劍開路，繼續走向古剎大殿。

◇◇◇

燈光照亮了大殿，蛛網塵封，一個人也都沒有。

韓生無意抬頭，脫口又是一聲：「蝙蝠！」

殿樑上倒掛著十數隻蝙蝠，有幾隻應聲飛起，飛出了殿外。

蕭七抬頭望一眼，目光又落下，道：「地上有腳印。」

眾人的目光立時都落向地面，佈滿灰塵的地面之上，果然有兩行腳印。

司馬東城接道：「男女都有。」

雷迅道：「女的必是鳳兒，那男的不知什麼人？」

韓生道：「不會是蕭兄。」

雷迅道：「二弟你憑什麼說得這樣肯定？」

韓生道：「大哥你沒有留意蕭兄留下的腳印，與地上這些男人的腳印並不一樣。」

雷迅這才留意到，嘆息道：「幸好有王無邪那老匹夫鬧一鬧，否則我們拚一個兩敗俱傷，才教人笑話。」

蕭七道：「事情已經過去，前輩亦無須耿耿於懷。」

一頓接道：「我們跟著腳印追下去看看。」

雷迅劈手取過一個鏢師的燈籠，第一個追了出去。

腳印一直通往殿後。

他們跟著腳印走上了那條走廊。

走廊的地板上也有兩行腳印，簾櫳下倒懸著好些蝙蝠。

燈光及處，蝙蝠驚飛。

韓生這一次雖然沒有作聲，眼瞳中疑惑之色更濃重，雷迅的神色卻更顯得焦急。

蕭七神色亦凝重，事情到現在，雖然已可以證實與他完全無關，但是，他也絕不會就此退出了。

他的好奇心原就很重，而事情的神秘，亦足以引起他的興趣。

殺人者的動機毫無疑問只是在雷鳳，從雷迅、韓生的口中，雷鳳性子剛烈，要殺她實在比擄劫她容易得多。

那個人顯然並不想雷鳳受到任何的傷害，所以才借用他的名字，先將雷鳳誘離鏢隊。

而殺人的目的，應該就是在滅口的了。

秋菊傷而未死，無疑是奇蹟，所以他們才能夠找到天龍古剎。

從腳印看來，雷鳳極有可能與那個人相遇，跟隨那個人向殿後走去。

那是說，兩人是認識的了，再不然，那就是腳印雖然有兩行，卻分先後。

——到這個地步，那位雷姑娘應該看出事情不對路了。

蕭七不由嘆了一口氣。

司馬東城一直都沒有作聲，彷彿在想著什麼，這時候聽得蕭七嘆氣，才開口道：「小蕭，看來那位雷姑娘對你倒是很著迷呢。」

蕭七苦笑道：「大姐不要跟我說笑了。」

司馬東城道：「不是麼，若換是別的人約她來這種地方，她縱然到來，未必一個人，縱然一個人，到這個地步，亦應該看出事情有蹊蹺，應該退出了。」

蕭七道：「也許已經來不及。」

司馬東城道：「那勢必大打出手，又怎會有這麼整齊的腳印留下？」

蕭七道：「這也是。」

司馬東城道：「以我看，她極有可能是因為看到了這一行腳印，以為是你留下來，以為你就在殿後相候，跟著腳印向殿後走去。」

蕭七道：「有可能。」

說話間，已來到走廊盡頭，前面是一個院子，一樣野草叢生。

院子再過是一座倒塌的殿堂。

那是天龍古剎的後殿，也是雷鳳墮入陷阱的地方。

在無翼蝙蝠離開之時，已經將這座殿堂完全震塌，一切打鬥的痕跡，以至一切的線索，都已被倒塌下來的磚瓦樑木掩蓋。

無論怎樣看來，那也只是一座倒塌的殿堂，有誰會懷疑到那下面有一個魔域一樣的地下室？

雷迅在走廊盡頭停下腳步，嘟喃道：「腳印到這裡為止，再下去，應該就是走進院子野草叢中，那是看不到了。」

韓生道：「她到底走到什麼地方去？」

雷迅道：「對面是一個倒塌的殿堂，沒有理由到那裡去的。」

司馬東城道：「這個院子的草長得比外院更長，約她到來那個人若是藏身草叢中，要出手偷襲，實在很容易。」

雷迅皺起了眉頭。

韓生道：「姑娘意思是說，那個人就在這裡下手，接著將鳳兒帶離開這裡？」

司馬東城頷首，道：「這地方並不是藏人的地方，也顯然，一直沒有人居住。」

蕭七道：「所以才會有那麼厚的灰塵。」

韓生嘆息道：「這座古刹也只有這些地方了。」

他縱目四顧，不禁又一聲嘆息。

雷迅忽然縱身躍下院子，高呼道：「鳳兒——」

聲音在靜夜中聽來，特別響亮，傳出老遠，卻是沒有回答。

雷迅並沒有叫出第二聲，那一聲呼喚完全是下意識的呼喚。

然後他就怔住在那裡。

他的手已在顫抖，然後他整個身子都顫抖起來。

燈籠在他手中不住晃動，蒼白的燈光照耀下，他的面上一絲血色也沒有。

韓生快步走到他身旁，道：「大哥，鳳兒吉人天相，我看是有驚無險，生命沒有問題的。」

雷迅慘然一笑，道：「這個時候，兄弟你又何須說這些話安慰我？」

韓生無言。

雷迅接道：「生死由命，鳳兒若是該死，也是無可奈何。」

他居然還笑得出來，笑著手拍韓生的肩膀，道：「大哥我刀頭舐血，數十年江湖，生死已看透，兄弟你也不必太擔心。」

韓生點頭道：「若是鳳兒真的遇到了不幸，——我們哥兒倆還得留命去找那個兇手算賬。」

雷迅大笑，道：「正該如此。」

笑語聲蒼涼之極。

司馬東城即時道：「我們到處再看看，也許在這兒有什麼線索留下來。」

她扶著蕭七，也走進草叢之內。

雷迅、韓生亦再次舉步，淒涼的月光，慘白的燈光照耀之下，一行人就像幽靈般飄蕩在草叢之中。

夜色這時更加深濃。

長夜已將盡，黎明前的片刻原就是最黑暗的時候。

◇

城中夜色這時候猶其深濃。

這時候，大多數的人都已在睡夢中，洛陽雖然是繁盛，燈火這時候亦已寥落。

鎮遠鏢局當然是例外。

鏢局內外燈火輝煌，鏢局的鏢師，趟子手與僕人往來走動，忙個不了。

有些在清理屍體，有些在來回逡巡戒備，有些夤夜出動，趕去通知死傷在王無邪手下以及追隨陶九城、張半湖，推測可能已死亡，那些鏢師趟子手的親人。

雖然是這樣，難得竟然一些也不見混亂，雷迅、韓生平日訓練的嚴格，現在已表露無遺。

鏢局的大門大開，間或有兩三個鏢師出入，老管家雷洪卻一直守候在那裡。

雷鳳是他看著長大的，也一直就將他當做爺爺一樣，所以對於雷鳳的安危，他與雷迅同樣的關心。

今夜若是仍然沒有雷鳳下落的消息，只怕他是難以入睡了。

他門裡門外出出入入，坐立不安，不時往街上張望，只盼能夠看見雷迅他們與雷鳳平安回來。

夜深風冷，他滿頭白髮飛揚，那一臉的皺紋，在燈光之下特別的明顯。

這幾個時辰之內，他彷彿已老了好幾年。

憂慮就是很容易將人催老。

◇◇◇

長街上杳無人跡，幾片枯葉在青石板上打滾。

突然幾聲狗吠，驚破靜寂長空，很快，又靜下來。

狗吠聲未已，那邊街口就出現了一盞燈籠。

碧綠色的燈籠，就像是一團鬼火也似，飄浮在長街上。

一個人緊跟著轉出來。

是一個女孩子，頭低垂，一身白衣在燈光下已變成淡碧色，有如一團煙霧。

那盞燈籠也就是握在她的左手之中。

她的右手藏在衣袖之內。

燈光照亮了她的臉，她的臉卻一半被她的秀髮遮掩去。

她的那一頭秀髮已經打散，瀑布般瀉下，一半披在她的肩膀上，一半卻遮著她的臉龐。

她移動得並不快，卻也並不怎樣慢，不像在走路，簡直就像飄浮在空氣之中。

簡直就一些人氣也都沒有。

雷洪也聽到了狗吠聲，也就因為聽到了狗吠聲才又走出來。

他看見了那盞燈籠，看見了那個女孩子，一個很奇怪的念頭，就從他的腦海浮上來。

——這個女孩子到底是人是鬼？

連他自己也覺得奇怪，竟然會生出這樣的念頭來。

但事實，一個女孩子穿著那樣的衣衫，拿著那樣的燈籠，在這個時候這樣走在街道之上，亦難免令人疑神疑鬼。

雷洪看著忽然有一種似曾相識的感覺，他沒有退入鏢局內，站在鏢局門前石階之上，看著那個女孩子走近。

那個女孩子雖然是走在長街青石板之上，雷洪卻不知何故，總覺得那個女孩子是向鏢局走過來。

——這個時候她走來鏢局幹什麼？

雷洪此念方動，那個女孩子已來到鏢局門前，她緩緩轉身，竟就走上了門前石階。

雷洪那顆心不期怦怦地跳起來。

他只要叫一聲，便可以招來鏢局裡的鏢師，可是那剎那他竟然六神無主，完全不知道自己應該怎樣做，就只是盯著那個女孩子一步步接近。

那種熟悉的感覺這片刻也就更加強烈了。

燈光終於照亮她的臉龐，那個女孩子就在他面前三尺停下了腳步，頭仍然低垂。

雷洪忽然感覺到一陣寒意。

那陣寒意彷彿由他的心深處生出來，又彷彿是來自那個女孩子。

雷洪終於忍不住，開口問道：「這位姑娘你……」

那個女孩子幽幽的嘆了口氣。

雷洪的語聲不覺被截斷，心頭更寒，一會才再問道：「姑娘是來找我們鏢局的？」

「嗯——」

「未知道有何貴幹？」

那個女孩子又嘆了一口氣，並沒有回答。

「老朽雷洪，是這裡的管家，姑娘有什麼事，或者要找什麼人，無妨跟我說一聲，也好得我進去替姑娘通傳。」

那個女孩子幽幽的道：「老管家，你不認得我了？」

語聲無限的幽怨。

雷洪奇怪道：「姑娘到底是……」

言猶未已，那個女孩子已抬起頭來，雖然有幾綹頭髮披著，但燈光照耀之下，仍可以看得清楚她的相貌。

她不是別人，赫然就是——雷鳳！

雷洪一眼瞥見，幾乎跳起三丈高來，那剎那，他自己也不知道到底是高興還是驚訝。

他整個身子都在顫抖，聲音更顫抖得厲害：「怎麼……怎麼是小姐你？」

然後才看清楚雷鳳的面色，表情。

雷鳳的面色有如白堊，也不知道是燈光影響還是怎樣，一絲血色也沒有。

她的眼睜著，睜得大一大，眼瞳中充滿了恐懼。

那種恐懼彷彿已長了根，她的眼珠也彷彿因此而凝結在眼眶之內，卻一絲生氣也都沒有。

她整張臉，整個人都毫無生氣。

雷洪看著雷鳳長大，卻從來沒有看見過雷鳳的表情，面色這麼可怕。

他脫口問道：「小姐你……你到底怎樣了？」

雷鳳沒有回答，面上也毫無變化。

雷洪忍不住又問：「你到底去了什麼地方？」

「很遠的地方。」雷鳳的語聲聽來更遠。

雷洪道：「總之你回來就好了，你不知，你爹爹多麼憂心。」

雷鳳嘆息道：「我知道爹爹擔心我，所以雖然不能夠全部回來，一部份也趕著回來了。」

雷洪只聽得怔在那裡。

他實在不明白雷鳳的話，但他立即就明白。

雷鳳接又道：「這是我的頭，接好了。」

說著她反手竟然將自己的頭拿下來，送到雷洪的面前。

雷洪不覺伸手接下，人頭在手，他才知道恐懼！

「鬼——」他怪叫一聲，魄散魂飛，雙手捧著雷鳳的頭顱，一屁股坐倒地上，雙眼翻白，當場昏倒。

雷鳳手中的燈籠即時熄滅。

鏢局前的那兩盞大燈籠同時熄滅，周圍剎那暗下來。

無頭的雷鳳也就在黑暗中消失。

◇◇◇

董武、周龍兩個鏢師將死傷的兄弟送回鏢局，打點妥當之後，一直就在練武場逡巡。

他們雖然離開鏢局的大門較遠，聽不到雷洪與雷鳳的說話，卻聽到雷洪那一聲怪叫。

他們當然聽得出那一聲怪叫不尋常。

董武脫口道：「誰在叫？」

「好像是洪伯的聲音。」周龍也不敢太肯定。

雷洪在驚恐之下怪叫，聲音當然與平日不大相同。

董武皺眉道：「洪伯不是一直在大門守候？」

「只怕門外有事發生了！」周龍這句話出口，長刀亦出鞘，身形急起，掠向大門那邊。

董武亦撤出腰間一雙吳鉤，疾奔了過去。

大堂那邊幾個鏢師看見，知道發生了事情，不敢怠慢，各自紛紛撤出兵刃，向這邊奔了過來。

董武、周龍幾個箭步奔到鏢局的大門，周龍叫一聲：「洪伯！」聽不到回答，手中刀立即換了一個刀花，連人帶刀疾衝了出去。

董武只恐有失，雙鉤翻飛，緊隨追出！

他們衝出了大門，看見了昏倒在地上的雷洪，也看見了雷洪手捧著的那個人頭。

周龍脫口一聲：「人頭！」縱目四觀。

董武連隨取出一個火摺子剔亮，火光及處，他面色一變，失聲道：「是小姐的人頭！」

董武變色道：「什麼！」目光亦落下。

他面色一變再變，目光落下又抬起，道：「那邊高牆下有一個人！」

董武順著周龍的目光望去，只見東面高牆之下，隱約果然有一人站立在那裡。

他立即高呼：「拿燈來！」

跟著追出來的其中一個鏢師手中正掌著一個燈籠，聽得呼喚，立即將燈籠遞上。

董武左手吳鉤才將燈籠挑下，周龍已舉手將燈籠取過來。

他左手掌燈，右手振刀，急掠下石階，奔向東面高牆。

董武與一眾鏢師緊追在後面，每一個人的神色都變得很凝重。

周龍飛快奔到那個人的一身雪白衣裳，從衣著體態看來，那應該是一個女人。

周龍老遠就已經發覺那個人好像缺少了什麼，也不用走近，已清楚看見那個女人缺少了的是一個頭顱。

他呆在那裡，由心寒出來。

董武快步走到他身旁，啞聲道：「這……莫非就是小姐……小姐的屍身？」

周龍的聲音也變得有些異樣，道：「也許……也許就是了。」

董武道：「這到底是怎麼一回事？」

周龍苦笑搖頭。

董武沉聲道：「屍體當然不會自己走回來。」

周龍道：「當然！」握刀的手更緊。

那一眾鏢師都聽在耳內，不約而同，轉過了身子，張目四顧。

長街靜寂，四顧無人。

夜風彷彿更寒冷，直吹入眾人的心深處。

周龍四顧一眼，目光再回到那具無頭女屍之上。

斷頸已無血滲出，呈現出一種死魚肉也似的死白色。

周龍越看越心寒，好容易才定下神來，道：「我們不若先將這具屍體搬回去。」

董武點頭，一收雙鉤，道：「我來！」

他走前幾步，伸手抱向那具無頭的女屍，尚未觸及他的一雙手已然顫抖。

連他自己卻也不知道恐懼什麼。

他的一雙手終於還是攔腰抱住了那具屍體，也就在那刹那，那具屍體竟然動起來。

董武脫口一聲驚呼。

眾人都看見那具屍體在動，每一個都不由得變了面色。

接著發生的事情更加恐怖！

那具屍體並沒有走動，也沒有撲向任何人，那一動之後，就散了開來。

散落在地上！

兩條斷腳，一隻斷臂從衣衫中散出來，全都是死白色，沒有血，連血色也都沒有。

但那分明是人的手腳，女人的手腳！

一種難以言喻的恐懼，立時襲上眾人的心頭。

驚呼四起，周龍面色一變，倒退一步。

董武彷彿連退後都沒有氣力，一個身子卻急激的顫抖起來。

就連他也奇怪自己居然沒有嘔吐出來，沒有昏倒過去。

驚呼聲歇，長街又陷入一片死寂。

也不知多久，周龍才從齒縫中迸出一句話：「是誰這麼殘忍？」

董武卻接道：「還有一條右臂呢？」

他俯下身子，伸手捏向屍體的右邊衣袖。

衣袖中並沒有手臂，屍體的那條右臂顯然已齊肘斷去。

但去了哪裡？

董武放目望去，那條右臂並沒有在地上。

眾鏢師不約而同四面散開，周圍找尋，但找遍附近一帶，都沒有找到。

也就在這個時候，他們聽到了一聲呼喚：「小姐——」

是雷洪的聲音，他已經甦醒，抱著雷鳳的頭顱，跌跌撞撞的走下門前石階。

董武、周龍不由自主迎上去，急問道：「洪伯，你到底看見什麼？」

雷洪道：「小姐，我看見小姐！」

他的聲音顫抖得很厲害，簡直就不像是他的聲音。

董武追問道：「小姐到底怎樣了？」

雷洪道：「她走到我身旁，跟我說了好些話，然後她就將自己的頭拿下，遞給我！」

周龍青著臉，道：「洪伯，你這是真話？」

他當然看得出雷洪不像在說謊，可是他仍然忍不住這樣問。

雷洪道：「我沒有說謊，卻只怕有些眼花……眼花了……」

他鬚髮皆顫，不覺流下了兩行老淚。

頭顱他仍然捧在雙手之中，他當然知道自己實在沒有眼花。

他只是難以相信這是事實。

卻又不能不相信，這刻他心中有如刀割，難過到極點。

董武插口問道：「洪伯，你看小姐走來的時候，是不是這種裝束？」

他手指那具無頭屍體。

雷洪循指望去，一望之下，雙眼翻白，又昏過去。

董武急忙伸手扶住，面色蒼白如紙，周龍的面色，並不比他好看。

雷洪雖然沒有說是否，從他的反應看來，他看見雷鳳的時候，雷鳳顯然就是那種裝束。

一個被斬開數截的屍體竟然會走回來，竟然會說話，這種事是不是太不可思議？

是不是太恐怖？

◇◇◇◇

破曉時分，朝霧淒迷。

車馬奔馳在洛陽城外半里。

蕭七雖無倦容，身子也仍然挺得筆直，劍眉始終深鎖不開。

他策馬緊隨在車廂旁邊，間中與坐在車內的司馬東城談上幾句。

在馬車後面，走著十多匹健馬，鞍上都馱著屍體，由幾個鏢師照料著。

那幾個鏢師倦態畢呈，但神情都是悲憤之極。

鎮遠鏢局開設以來，還是第一次這樣子傷亡慘重。

心情最沉重，最悲憤的當然就是雷迅，他策馬走在車馬的最前面，佝僂著身子，彷彿也老了幾年。

韓生緊隨著雷迅，一聲也不發，也實在無話可說。

兩人的心情沉重，馬行亦緩慢。

前行數丈，一陣奇怪的聲響從前面轉角處傳來。

雷迅忽然發覺，道：「那是什麼聲音？」

韓生應道：「好像有人策杖走路。」

雷迅道：「哦？」語聲甫落，已看見那個人。

一個老人。

那個老人鬚髮俱白，一面皺紋，雙眼亦翻白，竟然還是一個瞎子。

他左手策著竹杖，以杖點地，「篤篤篤」聲中，一步步走前。

正向雷迅迎面走來。

韓生目光及處，道：「是一個瞎子。」

雷迅道：「嗯。」將坐騎勒住。

他們並不認識那個瞎子，但秋菊若是在，看見那個老瞎子，一定會驚呼失聲。

那個老瞎子正就是蝙蝠！

——無翼蝙蝠！

他當然發覺有人迎面走來，腳步停處，忽的道：「哪一位好心的大爺，幫幫老瞎子。」

雷迅微喟道：「老人家，到底什麼事？」

蝙蝠道：「這裡到底是什麼地方？」

雷迅道：「城西的古道。」

蝙蝠道：「天哪，我怎麼走到這裡來了？好心的大爺，求求你做做好心，扶老瞎子到路旁坐坐。」

雷迅毫不猶疑的翻鞍下馬，走過去。

韓生沒有制止，他確實瞧不出那個瞎子有何不妥，也覺得雷迅應該這樣做。

雷迅走到瞎子的面前，道：「來這邊！」伸出左手去。

蝙蝠同時伸出了他的右手。

雷迅漫不經意接住他那隻右手，那剎那，他不由自主的猛打了一個寒噤。

蝙蝠那隻手簡直就像冰雪也似。

更令他驚訝的卻是那隻手的柔滑，那完全就不像是一條老人的手臂。

男人的手臂也不像。

他的目光不期而凝結在那條手臂上，這時候他才看清楚那竟然是一條女人的手臂，不由又打了一個寒噤，失聲道：「你這條手臂……」

蝙蝠笑問道：「美不美？」

雷迅不覺應一聲：「美！」

蝙蝠咭咭的笑道：「既是覺得美，那就送給你，好不好？」

這一笑，他的神情相貌就變得怪異之極，連他的語聲也怪異起來。

雷迅驚訝道：「送給我？」

蝙蝠道：「大丈夫一言既出，駟馬難追——拿去！」

語聲一落，他就將手縮回，縮回的卻竟是他的衣袖，那隻手竟從他的衣袖內脫出來。

雷迅這一次，一連打了幾個寒噤，目光又落在那條手臂之上。

那條手臂齊肘而斷，一絲血色也沒有，近肘的地方有一顆心形的紅痣。

雷迅的目光就凝結在這顆紅痣之上。

他整個身子突然顫抖起來。

韓生一旁看在眼內，這時候脫口道：「鳳兒的右臂上不是也有一顆這樣的紅痣？」

雷迅道：「完全就一樣。」

蝙蝠反白的雙睛倏的出現了眼瞳，慘綠色，鬼火般的眼瞳，盯著雷迅，笑問道：「怎麼連你女兒的手臂也認不出來？」

雷迅面色驟變，道：「你說什麼？」

蝙蝠舉起右手衣袖，道：「到現在難道你仍然以為這條手臂是我的手臂？」

這句話說完，又一隻手從他右手衣袖之內伸出來。

鳥爪一樣的右手。

雷迅面色一變再變，厲聲道：「你說什麼？」

韓生脫口道：「他說這是鳳兒的手臂！」

雷迅眼睛銅鈴般睜大，盯著蝙蝠道：「你到底是什麼人？我女兒的手臂怎會落在你手中？」

蝙蝠怪笑道：「我是什麼人，你也不知道？」

他左手竹杖迅速的一動，在地上畫出了一隻蝙蝠，那隻蝙蝠而且就向著雷迅。

雷迅清楚的看到蝙蝠在畫什麼，面色又一變，脫口一聲：「蝙蝠！」

蝙蝠「咭咭」怪笑，道：「我就是蝙蝠了。」

韓生立即拔劍，幾乎同時，蝙蝠左手竹杖脫手飛出，正射在韓生那支劍的劍鍔上。

「叮」一聲，那支劍才出鞘三寸，又被竹杖撞回劍鞘內！

韓生大吃一驚。

蝙蝠笑接道：「我雖然無翼，一樣能夠飛！」

語聲未落，他雙臂一振，呼的飛了起來。

飛躍上路旁一株大樹之上。

韓生厲聲道：「無翼蝙蝠！截住他！」劍再次出鞘，人劍迅急如離弦箭矢，飛射向蝙蝠！

一道閃電也似的劍光同時從旁飛至，也是向蝙蝠飛射。

蕭七的斷腸劍！

他已然到來，聽在耳內，也看入眼中，韓生那一聲「截住他！」出口，他劍亦出鞘，人劍閃電也似飛射。

後發先至，可是無翼蝙蝠身形更加迅速，劍未至，身形已轉至樹後，雙袖如翼，再次振翼，飛入路旁林木深處。

枝葉在劍光中摧落，蕭七迅速飛至，劍尖一點那樹幹，身形亦轉到樹後。

那剎那之間，他仍然瞥見蝙蝠的背影，腳尖落處往一條橫枝之上一點，身形飛鳥般掠出，緊追在蝙蝠身後。

韓生亦轉了過來，緊隨著蕭七追了下去。

雷迅也就在這時候大吼一聲，拔出腰掛金刀，左手握著那條斷臂，右手仗刀，咆哮著亦追了出去。

馬車的門戶即時打開，司馬東城走了下來，她沒有追出，只是望著雷迅的背影遠遠消逝。

她的眼瞳中彷彿充滿了疑惑。

到底在奇怪什麼？

◇◇◇◇

蝙蝠不住的前飛，從樹梢上飛過，闊大的雙袖鼓風展開來，完全就像是蝙蝠一樣飛翔。

蕭七在後面緊追不捨，他的輕功與蝙蝠，無疑有一段距離，但距離實在不怎樣大。

他耳聽衣袂破空聲響，縱然看不見，自信也不會追失。

韓生、雷迅追在蕭七的後面，已逐漸被遠遠的拋開。

在輕功方面兩人顯然連蕭七也不如，但是都緊追不捨。

兩人的眼瞳之內彷彿都有火焰在燃燒。

怒火！

◇◇◇◇

衣袂聲突然停下！

蕭七並沒有停下，身形向原來的方向繼續射前去。

他的劍已護住混身的要害，以應付突然而來的暗襲。

再射前三丈，他就看見了水光，身形再一急，就射出來。

林外是一個江灘，灘外江水滔滔，水面上曉霧未散。

灘外三丈的水面上停著一葉小舟，一個人冷然獨立在小舟之上。

——蝙蝠！

蕭七的身形在沙灘上停下，頓足，左一眼，右一眼，兩旁都不見有第二葉小舟泊著。

蝙蝠怪笑聲即時劃空傳來，道：「我會飛，你會不會？」

蕭七冷笑道：「有一葉小舟，我一樣會飛！」

蝙蝠笑道：「可惜這裡就只有我腳下一葉小舟！」

蕭七悶哼：「實在可惜。」

語聲甫落，身後衣袂聲響，韓生疾掠了出來，身形一頓，目光一掃，厲聲道：「你真的就是無翼蝙蝠？」

蝙蝠笑應：「如假包換！」

韓生方待再問什麼，衣袂聲又響，雷迅奔至，喝問道：「你不是已死了？」

蝙蝠反問道：「你看我像不像已死了？」

雷迅道：「江湖上傳言，你已死了很多年。」

蝙蝠道：「死在江南八大高手之下是不是？」

雷迅道：「這難道只是傳言？」

蝙蝠道：「也許就只是傳言，但人死，亦未必不能復生。」

雷迅厲聲道：「管你死不死，活不活，我問你，這條手臂真的是我的女兒的？」

蝙蝠道：「是真的。」

雷迅喝問道：「你哪兒得來我女兒的手臂？」

蝙蝠道：「你難道還未知道你的女兒落在我的手上？」

雷迅怔住在那裡。

韓生道：「這果然是你做的好事？」

蝙蝠嘆息道：「她既然落在我的手上，我要將她的手臂切下來，豈非簡單得很？」

雷迅嘶聲道：「為什麼你要這樣做，為什麼？」

蝙蝠伸手抓著頭髮，道：「也許我突然瘋了，你應該知道，一個瘋子什麼都做得出來的，是不是？」

雷迅怒喝道：「為什麼你要殺我的鏢師，擄我的女兒？」

蝙蝠道：「那是因為你的女兒太美了。」

雷迅面龐漲得通紅，喝問道：「你到底將我的女兒怎樣？」

蝙蝠道：「你回去鏢局，不就清楚了。」

雷迅道：「你已經將她送回去？」

蝙蝠道：「除了你手上那條右臂，其餘的都送回去了。」

雷迅大吼道：「蝙蝠！你過來，我與你決一死戰！」

蝙蝠應聲道：「抱歉得很！」

雷迅道：「你就是沒種！」

蝙蝠怪笑道：「若不是天色已快將大亮，我一定奉陪，現在我卻非要飛走不可了。」

雷迅道：「飛去哪裡？」

「幽冥！」

語聲甫落，蝙蝠又飛起來。

那葉小舟竟隨著他飛起來。

飛起又落下，水花激濺中，如箭般射出。

射入煙霧深處。

也消失在煙霧之中。

請續看《無翼蝙蝠》下集

古龍集外集 7

驚魂六記之 無翼蝙蝠（上）

作者：古龍 / 創意　黃鷹 / 執筆
發行人：陳曉林
出版所：風雲時代出版股份有限公司
地址：10576台北市民生東路五段178號7樓之3
電話：(02) 2756-0949　傳真：(02) 2765-3799
封面原圖：明人出警圖（原圖為國立故宮博物館典藏）
封面影像處理：許惠芳
執行主編：劉宇青
行銷企劃：林安莉
業務總監：張瑋鳳
出版日期：2022年8月
ISBN：978-626-7153-01-7

風雲書網：http://www.eastbooks.com.tw
官方部落格：http://eastbooks.pixnet.net/blog
Facebook：http://www.facebook.com/h7560949
E-mail：h7560949@ms15.hinet.net
劃撥帳號：12043291
戶名：風雲時代出版股份有限公司

風雲發行所：33373桃園市龜山區公西村2鄰復興街304巷96號
電話：(03) 318-1378　傳真：(03) 318-1378
法律顧問：永然法律事務所 李永然律師
北辰著作權事務所 蕭雄淋律師

行政院新聞局局版台業字第3595號 營利事業統一編號22759935

定價：240元　

國家圖書館出版品預行編目資料

無翼蝙蝠／古龍創意；黃鷹執筆. -- 二版.-- 臺北市：風雲時代，2022.06
冊；　公分.
ISBN: 978-626-7153-01-7（上冊：平裝）
ISBN: 978-626-7153-02-4（下冊：平裝）

857.9　111006220